神田 澪（かんだ みお）—著　林于楟—譯

最後は会ってさよならをしよう

前言

「我很想看書，但真的好忙」、「很累的時候一看長文就覺得痛苦」——你是否曾經有過如此感受呢？這本書是集結了每個人都能輕鬆閱讀，剛剛好一百四十日文字的超短篇小說集。是我從至今超過一千篇創作中精選出來的作品。

大家可以自由閱讀。每一頁都是一個獨立的故事，所以想從哪則開始看都可以。想要隨意翻開喜歡的頁面閱讀也行，利用睡前時間一篇一篇依序往下看也很棒。

常有人問我，為什麼要寫出剛剛好一百四十日文字的作品，這是因為日本版推特的字數限制就是正好一百四十日文字。創作俳句或是短歌時，有時會出現字數比既定格式還多，也就是「字餘」的狀況，但推特的系統上，發文字數可以少於一百四十日文字，但沒辦法超過。也就是說，我是配合系統格式建立我的故事形式。在付梓成書的過程中，我也將至今公開發表的作品進行大幅修改，但仍舊遵守「剛剛好一百四十日文字」的形式，所有作品的字數都固定為一百四十日文字。

除此之外，本書的可看之處不只是一百四十日文字的故事，趁著出版之際全新創作的「連續故事」是個為了讓我加以擴展一百四十日文字故事世界的全新嘗試。每個故事都在一百四十日文字中結束，但只要連續閱讀，又可以讀出一個更大的「故事」。另外，在本書後半也收錄了中篇、短篇故事以及散文。

每翻過一頁，都能在想像的世界中飛翔，偶爾誤入漫長的迷途當中，偶爾接觸現實，可以思考過去與未來，正可謂「百寶箱」的一本書。

那麼，前往由一百四十日文字編織而成的世界之旅，即將由此啟程。

Contents

＊【編註】本書的「一百四十字」皆指日文字，約為中文一百四十字內。

一百四十字的故事

自然

和男友分手後，我的心情很舒暢。

流過無數眼淚，有過無數爭執，但在最後，我下定決心要分手。

剪掉他喜愛的長髮，來趟單身之旅。

啟程的早晨，當要化上以前那般的大濃妝時，

我的手停了下來。

我只有自然色系的彩妝。

轉出用慣的櫻粉色唇彩。

鏡子中的我，仍舊染著他的色彩。

代理分手服務

我開始了代理分手服務。

代替當事者，
向有精神暴力傾向的情人，
或是交往好幾年而說不出分手的情人，
透過電話提分手的服務。
我覺得對擅長談判的自己來說，這是份天職。
直到接到那通電話。

「不好意思，我想要使用代理分手的服務。」

電話那頭，傳來我同居情人的聲音。

名片

有張名片從他的皮夾跑出來。
但他明明另外還有名片匣的啊。

「這是誰的名片？」

我一指放在桌上的皮夾，他明顯慌張失措。

「這、這只是護身符那類的啦。」

他該不會瞞著我什麼吧？
當我逼問他之後，他心不甘情不願地拿給我。
那是幾年前，我還只是他的客戶時的名片。

一張紙的重量

某一年，發生了大規模的通訊故障。
好幾天沒有修復，街上來往的行人都一臉不安。
我生平第一次買報紙，一天內寫了好幾封手寫信。
但是，只有你沒有回信。
在我拿到機票的那晚，終於收到你的信了。
「我字寫得好醜，重寫了好幾次。」
是啊，你就是這種個性啊。

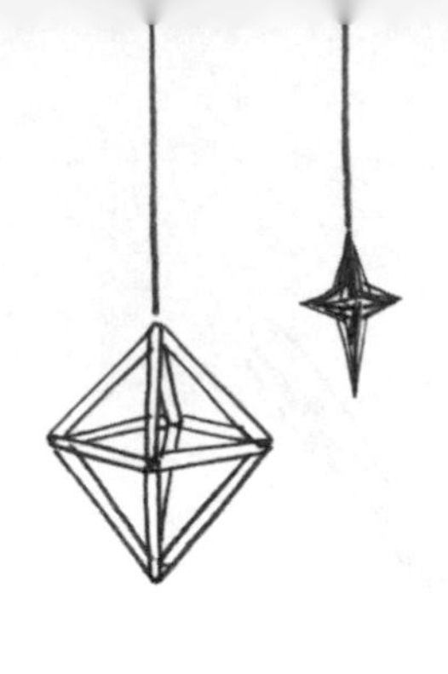

絕對可以成為戀人的咒語

「你知道絕對可以成為戀人的咒語嗎？」

當我問要怎樣才能成為戀人時，

被大家誇讚人美又受歡迎的朋友自信滿滿地如此回我。

「不知道，是什麼咒語？」

「向對方說你喜歡她。」

我嘆了一口氣。

這只有妳來做才管用啊。

「這我來做沒有用啊。」

「我沒有騙你，你試著對我說說看。」

寫不下去的文件

傍晚時分的事故，奪走我妻子的生命。

事發過後半年。
撐過那些一回到家就淚流滿面的夜晚，開始萌生「向前吧」念頭的十二月。
公司要求我修正我的文件。
我不知所措地問：

「你要我在有無配偶的欄位上圈無嗎？」

負責人點點頭。我的指尖顫抖。
妻子在我求婚時喜極而泣耶。
我的妻子，明明就是那個人啊。

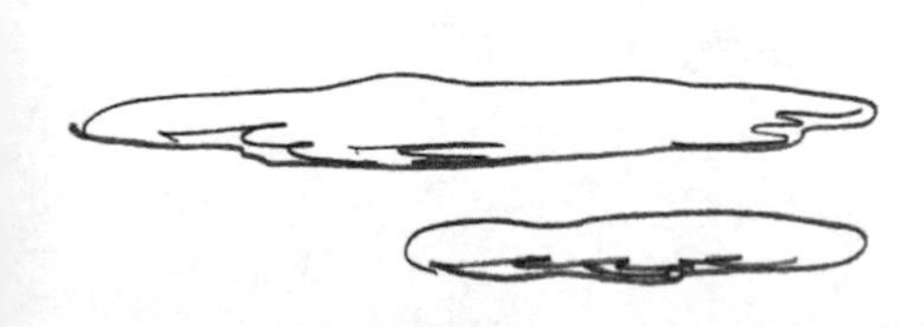

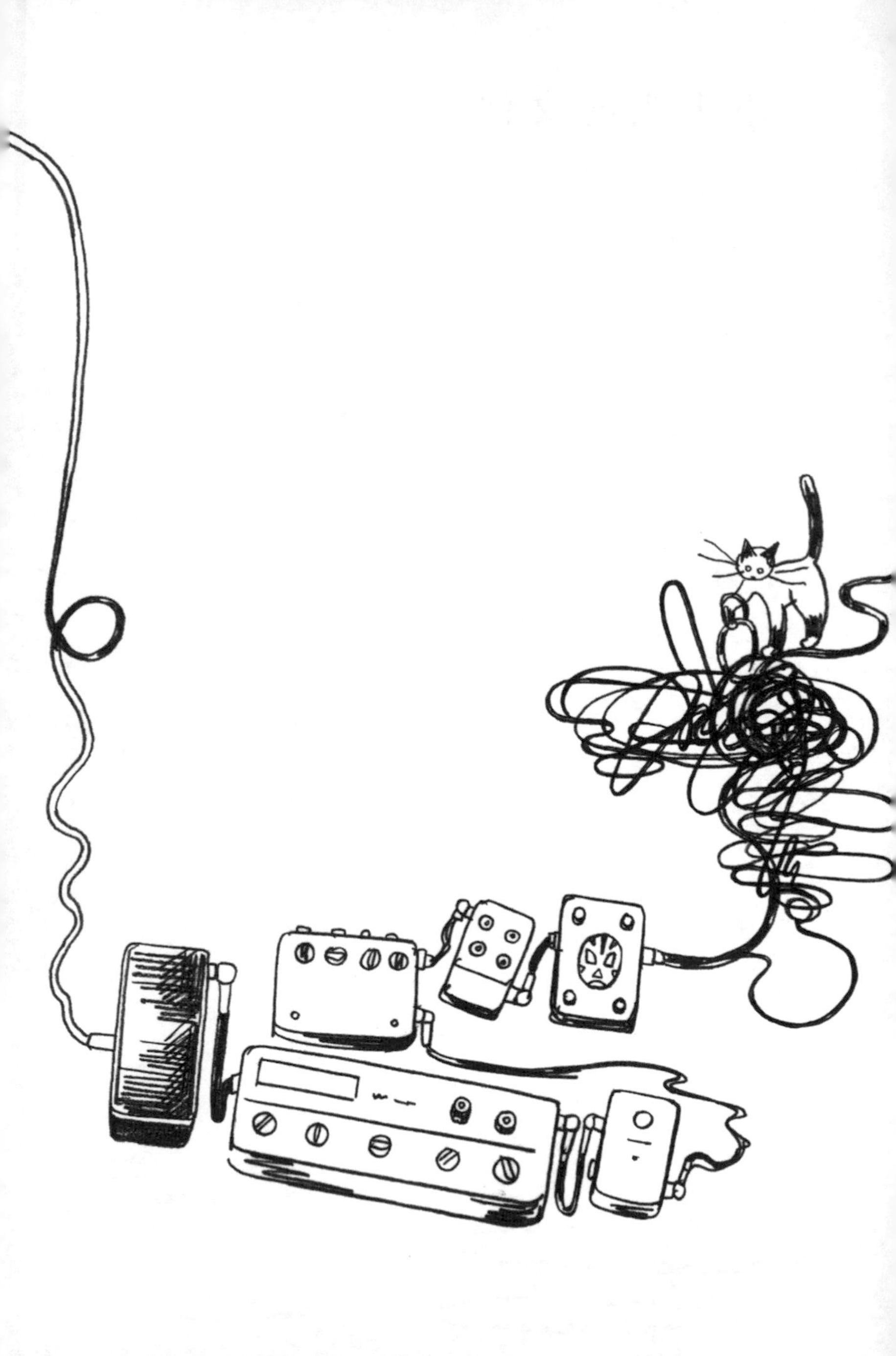

我是一個不露臉樂團的吉他手。
我們推出的歌曲火紅且熱賣。

但就在人氣絕頂之際，我被宣告生命只剩下幾個月。
現在，由其他吉他手戴著我的面具繼續演奏。
沒有任何一個歌迷發現。

在寧靜過頭的病房中看著手機的夜晚。
一個特別煩人的黑粉，在網路上寫下彈奏方法不同的留言。

黑粉就在面具彼端

適合戴帽子的人

「妳看這頂帽子。」

他拿起擺放在店家架上的時髦帽子給我看。

「感覺很適合耶。」

還真難得，他平常明明都不會誇獎我的耶。

但他話還沒有說完。

「適合我。」

只是片鱗半爪也好，真希望我有這種自信。

他非常喜歡他自己。

我嘆了口氣，他把帽子往我頭上戴後笑了。

「妳比我更適合。」

睽違兩個月去他家。
他粗枝大葉不擅長打掃整理，
所以我偷偷帶了打掃工具來。

但一打開門嚇我一跳。
房間的每個角落都整理得相當乾淨。

「我想要好好珍惜兩人獨處的時間。」

他似乎為了我努力做了最不擅長的打掃。

但排水口附近還是不行。
還留有陌生的長髮。

驚喜

第一次約會在家庭餐廳

第一次約會選擇家庭餐廳之後被甩了。
原本想要試探金錢觀念合不合得來，結果還是不行啊。

「唉，結果還是看錢啊。」
我這句碎碎念引起公司晚輩不滿。
「這因人而異吧，要不然你試著和我約會看看？」
狐疑的我帶著她再度去家庭餐廳。
晚輩這樣對我說：
「你說話真是無聊。」

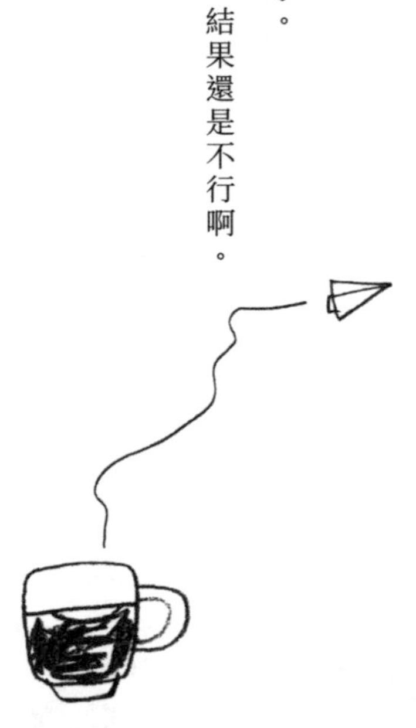

同居中的男友幾乎不做家事。
要是他會說句謝謝也就罷了，但他連這也不說。
看見他脫了就隨手一丟的衣服，我不禁歎氣。
是不是該分手了。

就在此時，我偶然發現他在社群網站上的秘密帳號。
「女友總是做好所有家事，真感謝她。」
看見這個後我決定了。
分手吧。
這種話不對我說就沒有意義。

他不做家事

完美粉絲

最喜歡的偶像退出演藝圈了。
連平凡的我都能記住的完美巨星。

傍晚，我抱著殘缺的心靈在街上走著。
心想，那人現在也在哪裡生活著吧。

不經意抬起頭，看見喜歡的她就站在馬路的另一頭。

我們確實對上眼了。

我們無言錯身而過。
強忍淚水，我成為一個完美的粉絲。

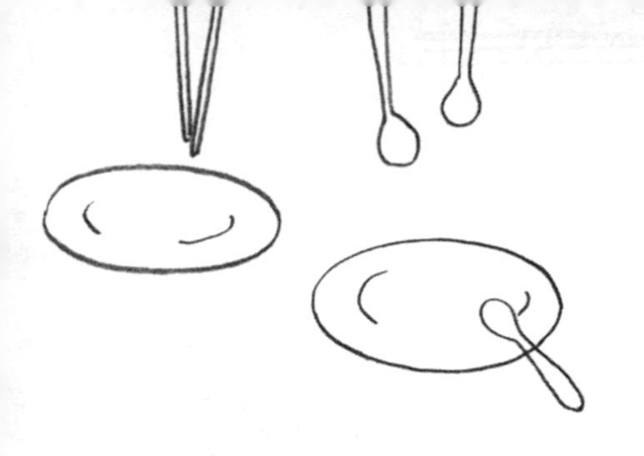

他為我做菜。
我坐在客廳裡等著，令人垂涎三尺的香氣傳來。
「把盤子端過去。」
我照著他的指示，陸陸續續把盤子端上桌。
連擺盤都很漂亮。
這也是當然，因為他是料理專家啊。
「可以嗎？好吃嗎？」
每當他向外行人的我如此確認時，
我都感受到比說喜歡更深的愛意。

老了之後也要手牽手走路。
我們如此約定後結婚。
但在眼角滿布細紋的現在，害羞得根本不敢牽手。

你睽違已久朝我伸出手，是在我車禍腳受傷之後。
你攙扶著我還走不太穩的身體。

車禍過後已經半年，我們今天也在傍晚的散步道上手牽手。
雖然彼此都知道，腳傷老早治好了。

拐杖與手

人生重來鍵

我想要一個人生重來鍵。
就算活著，每天都充滿痛苦的事情。
所以當這個按鍵真的出現在我眼前的畫面上時，
我立刻伸出手。

手指擺上去的瞬間，不知為何，淚水流了出來。
我真正想要的不是按鍵。
而是說著「別按下那種東西，我會難過的。」
阻止我的哪個人。

女友會喜歡的旅行

他最近很冷淡。
總是背著我偷偷看手機，
這讓我在意得不得了。

雨聲作響的夜晚。
當我意識到時，我已經拿起他忘了帶出門的手機。
搜尋紀錄中留著「女友會喜歡的旅行」的文字。

外出回到家的他，抱著我說：
「我忘了跟妳說，我下週要和朋友去旅行。」

你和妳的故事

某天，作家變得宛如天神，可以改寫這個世界。
可以實現任何夢想。
可以成為大富豪，也可以和喜歡的人在一起。

作家有個一見鍾情的女性。
雖然希望她成為自己的伴侶，但在得知她的心事後放棄了。
她長年維持一段清純的愛情。

比起她，作家更深愛美麗的故事。

長髮的我們

「他啊，非常擅長替我弄乾頭髮。」

初夏，我的大學同學爽朗地擺動她的馬尾。

「我的頭髮也是，讓他來弄乾得更快。」

在學生人潮擁擠的學校餐廳中，戀愛中的她笑容燦爛。

「真厲害，手肯定很靈巧吧。」

喝下一口的咖啡好苦澀。

真厲害。

和我在一起時明明那麼笨拙的啊。

身為畫家的父親很難搞。
聽說他從來不曾對母親說過愛。
當然，對身為女兒的我也是相同。

我在這樣的父親的畫室中找到一幅畫。
畫中微笑的女性十分眼熟。
是母親抱著年幼的我。
看見畫作名稱「希望妳們的明日閃閃發光」，
我突然領悟母親待在父親身邊的理由了。

繪圖信

延長壽命的魔法

他酷酷的，也很少示愛。
但我沒有因此放棄且接受。

「聽說上班之前親一下，就可以延長五年壽命喔。」

我這樣說著，讓他養成出門前稍微彎下身體的習慣。

就在某一天。當我發現時，他已經做好外出準備站在玄關那。
一臉害臊地轉過頭來。

「延長壽命的那個，還沒嗎？」

看不見的東西

我和她彼此的朋友都不多。
因此，分手後偶爾還是會一起去喝茶。

「咦，你的臉是長這樣嗎？」

她撐著下巴，非常專注地看著我的臉。
這句話真沒禮貌。
表示戀愛這個魔法消失後，終於看清現實了嗎？
她突然露出笑容。

「對啦，因為我在家裡總是摘下隱形眼鏡啊。」

自誇大戰

女大生的我們一聚在咖啡廳裡，
理所當然會掀起自誇大戰。
國外名牌包或限定彩妝品。
不管自誇什麼，我們都必須獻上最頂級的讚詞。

「到此為止。」

自賣自誇完的朋友低頭道謝。
得不到家人及情人誇獎的我們，
約好要彼此互相誇獎、互相鼓勵。

喜歡妳這點

在她生日那天，我老實地表達自己的心情。

「生日快樂。妳會替我做早飯，
很體貼我，常常和我聯絡，這些我都好喜歡。」

明明希望她開心，不知為何，她露出愁苦表情。

接著，留下一滴淚水。

「你喜歡的不是我，
而是我為你做的事情吧。」

約會歸途

和妻子還在交往時，我們常常去麥當勞。
一到傍晚，她總會說著「肚子有點餓了」，然後拉著我的袖子走。
但現在已經不再特地繞過去了。

「妳已經吃膩麥當勞了嗎？」

買完東西回程路上我這樣問。
妻子回答：「那個啊，是我還想繼續和你說話的意思啦。」
接著輕輕抓住我的手。

「不覺得今天肚子有點餓嗎？」

好人

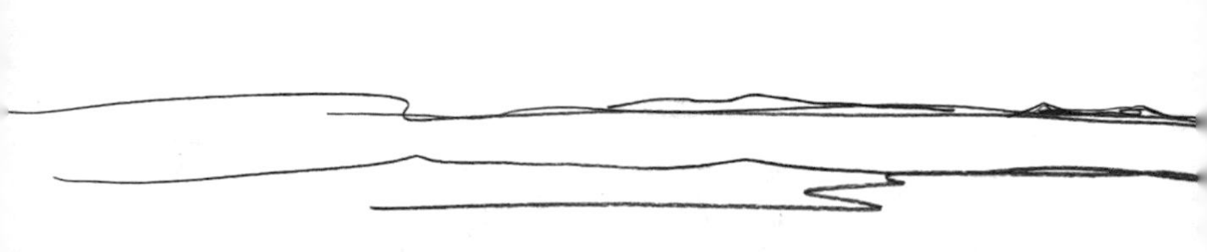

隱隱約約有這種感覺。

「今天也非常開心呢！」

之所以在收票閘口前誇張地喧鬧，是因為你的表情很陰沉。

完全不願意看我。

平交道的警示聲騷動我的心。

「我們，或許不適合當情人吧。」

你像要道歉般開口如此說。

「有比我更好的人。」

這樣啊，表示你沒有辦法為了我變成更好的人啊。

櫥櫃裡滿滿之物

每當我站在廚房，總會想起以前的情人。
因為他會誇張地誇獎我，讓我不知不覺中喜歡上做菜。
明明其實是覺得很麻煩的啊。

他放著沒帶走的衣服和牙刷都已經丟了，
但櫥櫃裡仍塞滿了滿滿的回憶。

我真蠢。
竟然買了這麼多調味料，明明自己一個人根本用不到。

存檔

當我打開遊戲機，裡面還留有前女友的存檔紀錄。
她似乎在我不在時打開來玩。

外面在下雨，我為了打發時間而讀取紀錄。
替角色取怪名字這點還真有她的風格。
義大利麵、煎蛋捲。
全都是料理的名稱。

視線模糊，我放棄繼續玩下去。
不管這個還是那個，都是我誇獎過的料理。

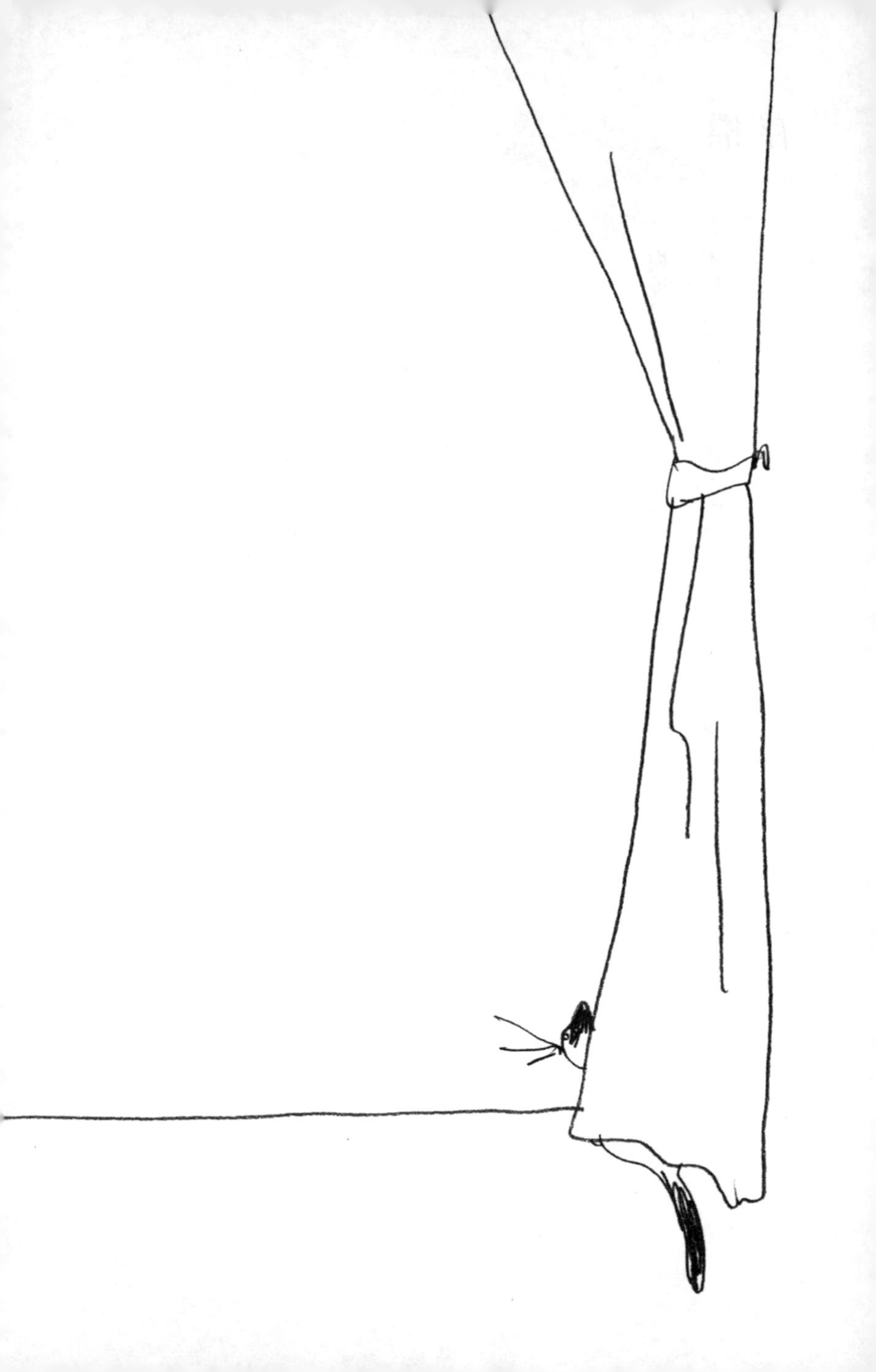

心情愉悅的早晨

某天早晨，他的心情比平常還要愉悅。
當我走到廚房打算要做早餐時，他緊緊跟在我身後，
「要幫忙嗎？」
「不用啦。」

就算我冷淡拒絕，他仍滿臉笑容。
是中樂透了嗎？

當我打算洗手時，
這才終於發現無名指上有個陌生的戒指。
「我們結婚吧，遲鈍的女朋友小姐。」

幸福的日子

最喜歡的那個人向我求婚了。
我們也有了孩子。
非常幸福。

「爸爸，你看你看！」
「喔，妳做得好棒喔。」
午後，女兒和丈夫一起玩積木，真想要一直看著這一幕。
丈夫突然跑到廚房來。
「媽媽，有什麼喝的嗎？」
我「嗯」的點點頭。
無以言喻的落寞充斥胸口。
他已經，不再用名字喊我了。

想當演員的男友

想當演員的男友比誰都還要努力。

每天徹底鍛鍊身體，永無止境地做研究。

他的演技急速成長，就連外行人的我也看得出來。

某天晚上，他帶著晚輩回來。

「該怎樣才能變得和前輩一樣？」

他的聲音透過門扉傳過來。

「不停演戲，例如和不喜歡的女生交往之類的。」

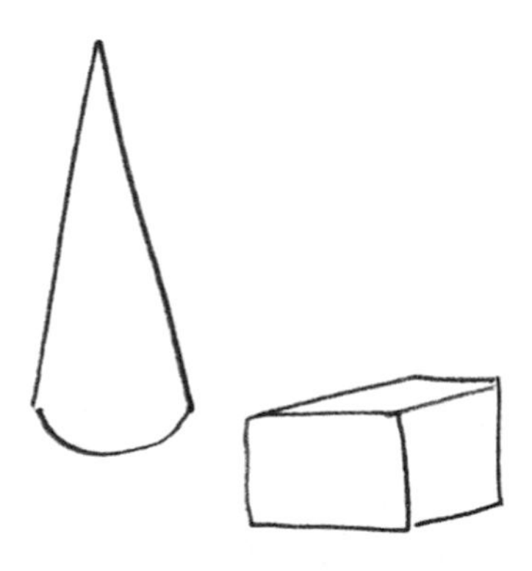

智慧指環

「可以請妳和我結婚嗎？」

他把智慧指環當成訂婚戒指送給我。
只要戴上配對的指環，就能感受對方的心跳，
一戴上指環，我就明白他心臟撲通亂跳。

「如果你願意接受這樣的我。」

我收下他選擇這個指環的意義，
決定要一輩子珍惜。

這個冬天，他將前往戰地。

我討厭情人只會出一張嘴，和他分手了。
感覺他即使沒有我也無所謂。

但他很溫柔。

就算吵架，仍用著心平氣和的口吻，
我以為，那是因為他不是認真愛我。
直到我收到最後一則LINE訊息為止。

「對不起，只有我一個人幸福。」

在深愛平凡日常的他身邊，我總是要求太多了。

出一張嘴的情人

夜晚來臨後，我就去見妳

「夜晚來臨後，我就去見妳。」

雖然你這樣對我說，
但你終究沒有按響我家門鈴。
即使到刻上你名字的石頭前去見你，我仍無法置信。
每當夕陽西下，我總期待著你會不會來找我。

每看夜空，總會想起你的笑容與聲音。
欸，你該不會變成夜晚了吧。

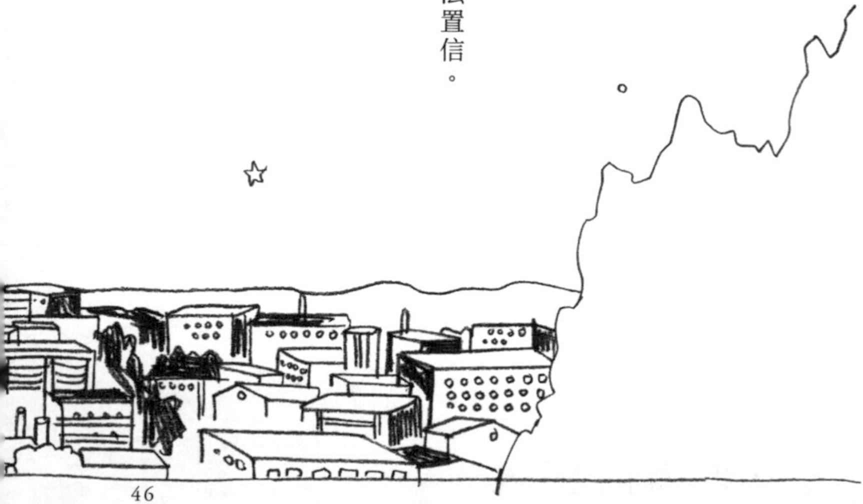

秘密帳號

我發現了男友的秘密帳號。
全黑的頭像，個人資料上寫著：
「我可以哭嗎？」

沒想到他竟然有如此玻璃心的一面。
當我想著他該不會寫了抱怨我的話吧，
立刻找到今天早上的發文。

「完全見不到面，好寂寞。」

這得要和他好好談一談才行。
我敲了他寢室的門。

整形過去

在愛情形貌完全變樣的遙遠未來，
「整形過去」在市民間爆炸性流行。
就業前、升學前，切除不想要面對的過去，接著縫合。

但是，做完整形過去的學生，
通過面試的比例卻不高。
研究者如此說：

「無法跨越過去的他們，
精神層面上有變得幼稚的傾向。」

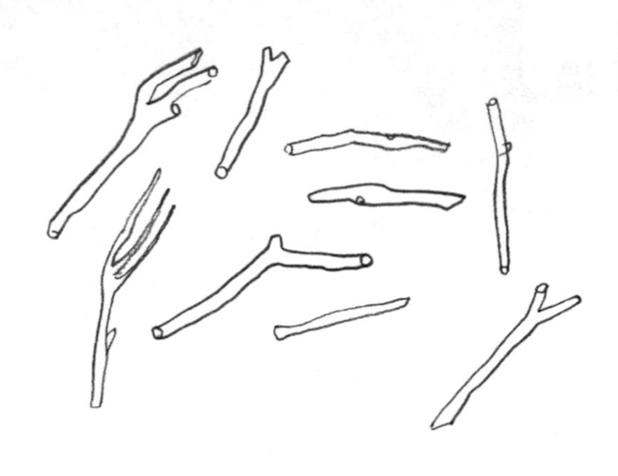

為了你

我擔任一個怯弱模特兒的經紀人。
鼓勵容易沮喪的她是我的工作。

但我突然被撤掉她的經紀人一職，
她在那之後也不當模特兒了。
離開前，她對我低頭道謝。

「我一直很想要離開，
但因為想要回應你的鼓舞而繼續努力了。」

這是我第一次看見她露出燦爛表情。

妻子是愛情小說家

妻子是愛情小說家。
但她的書我連一丁點都沒看過。

她明明對我說「在我死掉前要看喔」，
她卻在這之前先過世了。

妻子死後，我第一次拿起她的書，接著哭了。
不管哪本書，都頻繁出現和我很像的人。

我總是被描繪成一個比起給人愛情，更是給人孤獨的人。

緩慢擺動

他幾乎把充滿前女友回憶的東西都清理掉了。
我不知道這是為了我還是為了他自己。
但是，只有一樣沒有辦法丟掉。

「妳會很在意這個嗎？」
「不會，沒有關係。」

我怎麼可能有辦法說出我會嫉妒。
好想變得更堅強。
就算在金魚緩慢擺動的尾鰭上，看見他深愛的那個夏日。

僅一年的交往

「要我和妳交往也可以，但只有一年喔。」

告白後得到的回應出乎我意料之外。

能和超受歡迎的學長交往讓我非常開心，

但沒想到竟然有期限。

一年轉眼就過去了。

感覺繼續交往下去還是很幸福，

但學長仍舊說了到今天為止。

他說他想要早點結婚似乎是真心話。

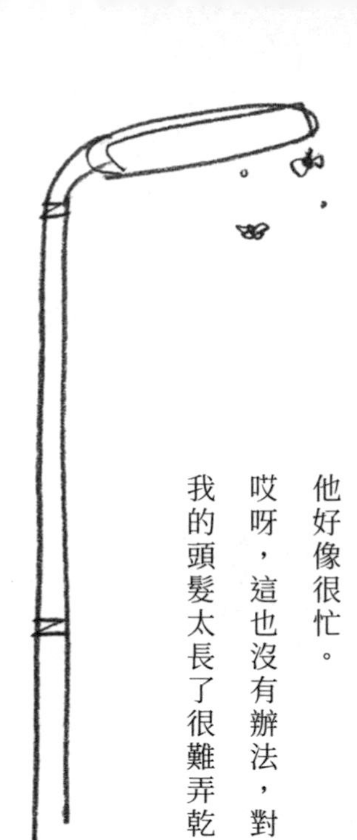

他不願意聽我說話。

夏夜，兩人獨處的房間內，我說起職場中發生的事情。

「我同事啊，誇獎我說我的頭髮很漂亮……」

「啊，什麼？要說話等一下再說好不好。」

「好啦～」我回答後安靜下來。

他好像很忙。

哎呀，這也沒有辦法，對不習慣的他來說，

我的頭髮太長了很難弄乾。

原諒你

不接電話的理由

打了好幾通電話給兒子，但他都不接。
他才剛搬出去自己生活，我很擔心耶。
傳了LINE訊息後，收到「對不起，我在睡覺」的短短回訊。

原本想回「你老是在睡覺耶」，但算了。

窗外染上豔紅夕陽。
我想念起去年過世的母親。
我也曾經有段時期，用相同的藉口不接母親的電話。

過分的男友

我是個過分的男友。

「你不是約好了要和我結婚嗎……」

她流下大滴的淚水。

我一句話也沒辦法回。

「我們交往六年了耶。」

剛開始交往時，我們都還穿著制服。

這是我們長大成人之後，我第一次看見她哭泣。

「喂，你帶我走啊，帶著我一起走啊。」

她輕柔地撫摸著我的遺照。

愛會變成寶石

愛會變成寶石。

心意越深就越閃亮，因此深受好評，是送禮首選。

和女友一起來到店家的我，緊張地接過變成寶石的愛。

完成的，是一個只有黯淡光芒的小石頭。

女友眼眶泛淚走出店家。

店員也一臉尷尬。

「是接下來才要加以琢磨啊。

因為愛本身，一點也不美嘛。」

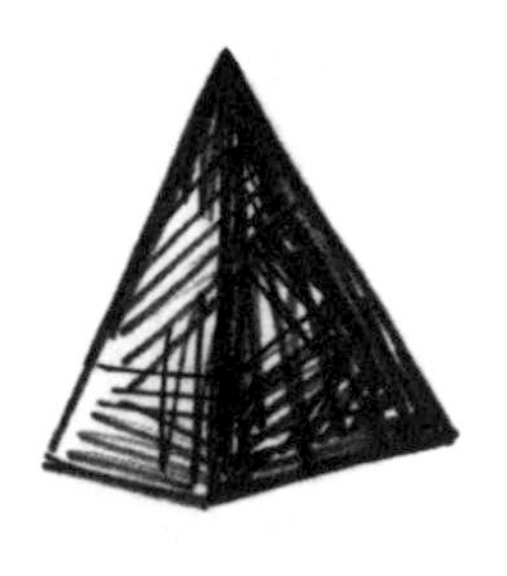

「我們要當一輩子好朋友喔。」
生日禮物旁的小卡片，
上面的訊息讓我的心變得溫暖。

那天後已過十年，我們現在仍頻繁聯絡。
發生開心的事情時第一個向對方報告，
難過的夜晚一起喝酒到天明。

所以我在心裡下定決心。
要和她當一輩子好朋友，絕對不對她說我喜歡她。

和好友的約定

兩年又一個月

「想要分手時，要提早一個月說喔。」
「妳當在工作啊。」

真是奇怪的女生，似乎是需要心理準備。
我明明笑著不當一回事，卻有了其他喜歡的人。

第二年的冬天。
對她說要分手後，我們走遍令人懷念的地方，
也說了些重要的話。

一個月後，她對我揮手說再見。
和我不同，她一臉已經全部釋懷了。

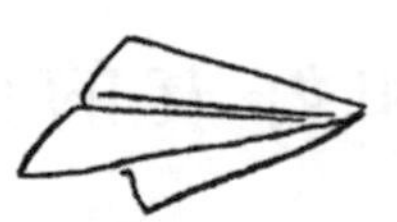

12
11
M T W T F S S

10
M T W T F S S

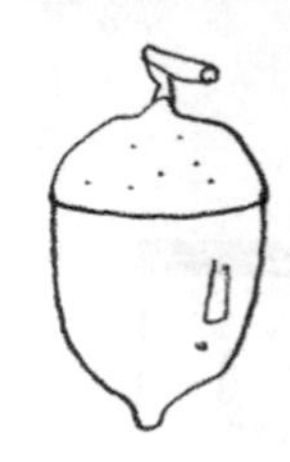

人情巧克力

「我今年不發人情巧克力了，好處太少了。」

才到公司沒多久，同事如此高聲宣言。

我個人感到有點遺憾，但我喜歡她很理智的這一面。

晚上，她要下班前，說著「這是巧克力」，在我桌上放下一個紙袋。

「妳不是說不發了嗎？」

她很自然地回答：

「對，我不發了。」

「我覺得交往之前更開心。」

情人非常抱歉，卻也慢慢地、明確地如此說。

這段話宣告了我們分手。

想要逃避現實的我，晚上在咖啡廳裡看漫畫。

是我青春期相當著迷，

每翻過一頁都讓我心頭小鹿亂撞的諸多少女漫畫。

不管哪部漫畫，都在主角的戀情開花結果後立刻結束了。

無法成為女主角

見到你之前

喜歡的人約我去約會。
下午兩點，在車站前會合。

我當天太興奮。
換了好幾套衣服，重弄好幾次髮型後，
遲到了五分鐘左右。

一走出票口，遠遠看見你的側臉。
只是這樣就讓我胸口充滿感動。

看著你靜不下來地不停整理劉海，
就跟離開家門前的我一模一樣。

按讚

他對女孩子的自拍照按讚。
童顏，容貌和我完全相反的偶像。
和他的前女友有點像。

在夏風流入的房間中看鏡子。
眼睛和輪廓的線條都很銳利細長。
我第一次討厭起自己的臉來。

我和他在夏天結束前分手了。
當時的他按下的讚，都是冷豔女演員的照片。

我猶豫著不知該送什麼生日禮物給學妹。

雜誌上寫項鍊很受歡迎，但是，

「收到不喜歡的人送的飾品感覺壓力很大。」

我聽到她和別人這樣說。

還是送最不會出錯的點心吧。

但最後還是無法決定，決定去問本人。

「妳想要什麼生日禮物？」

學妹咧嘴一笑：

「我想要新的耳環！」

春天從耳邊來

春天從耳邊而來。

新買的耳環上有櫻花花瓣。
昨天買的唇膏和裙子都是淡粉色，
滿心期待你笑著對我說很適合妳呢。

一墜入情海立刻換上可愛的妝容和衣服，
這也太好懂了吧。
因為我不懂什麼攻防，
所以只寫上「真想去賞花呢」後按傳送。

有花束的生日

只要一到生日，你就會送我花束。
康乃馨、玫瑰、香豌豆和鈴蘭。
大概是想要給我驚喜，
但我總是能看見車子後座上的大包裝。

很笨拙卻很老實的人。
但今年的生日，後座沒有花束。
交往第五年。

「我們，別當情人了吧。」

他遞上前的，是戒指。

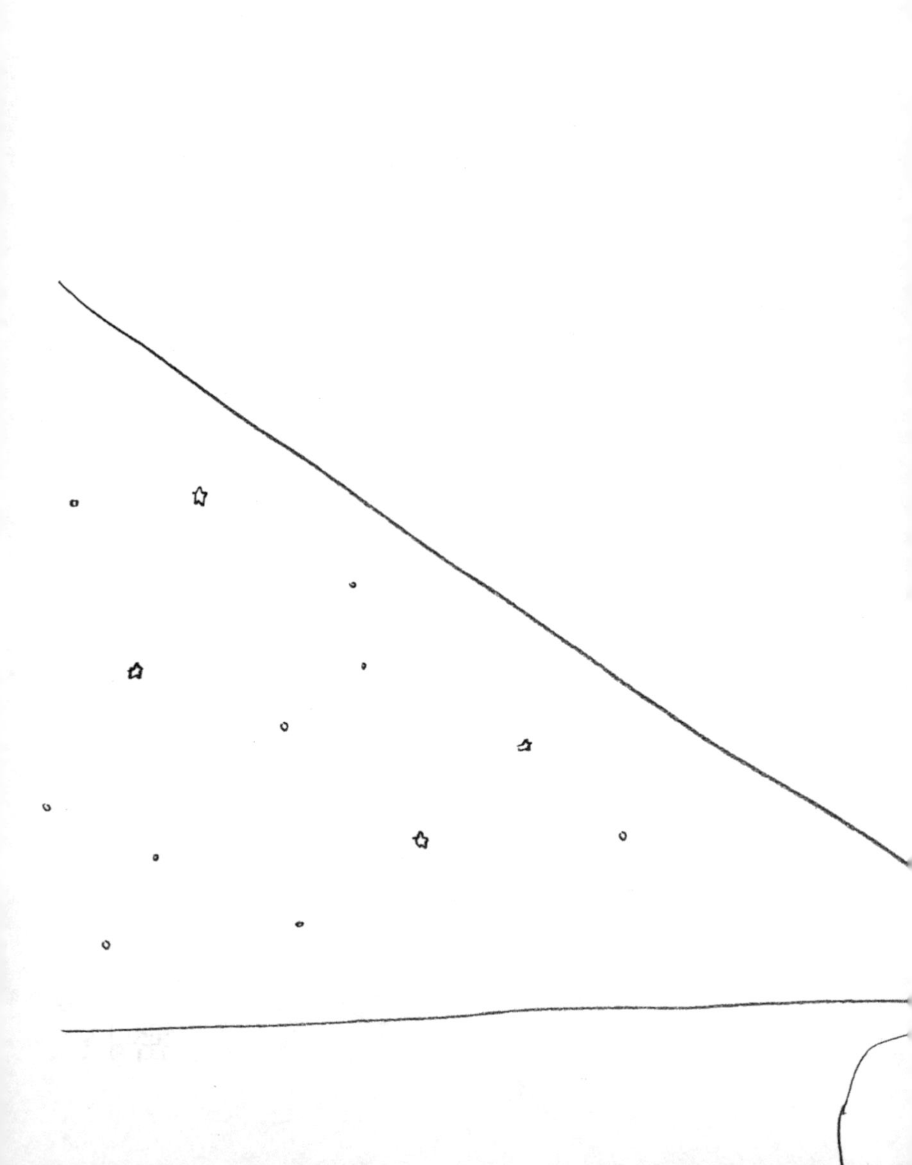

「看！這是我喜歡的人之前戴的項鍊。」
好友指著胸前閃耀的銀項鍊這樣說。

在大學的教室裡。
她怪怪的讓我有點擔心，
但她的戀情似乎朝著好方向發展。

「是妳說妳想要，向他討的嗎？」

她搖搖頭。

「不是，我找到他的二手商場的帳號了。」

密技

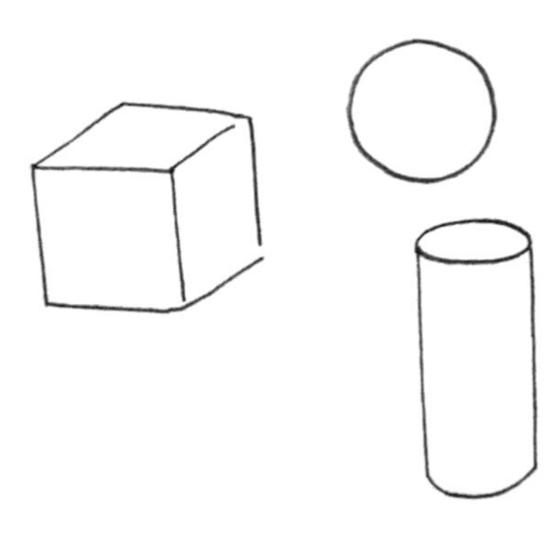

兩人的黎明

他是不管下課時間說再多話都不夠的朋友。
所以才感到更焦急。
最近兩人見了面也會聊不下去。

常聽人說「朋友就和衣服相同，不知不覺中就不適合了。」
但回憶太過耀眼，我無法邁步向前。
發現最喜歡的衣服已經不適合的早晨的冰冷，
讓喉嚨深處隱隱刺痛。

改變人生的夜晚

人生或許會在今晚改變。
他似乎訂了餐廳。
明明是連紀念日也不做這種事的人。

「打扮得漂亮點喔。」

他笑著對我說，我去買了新洋裝。
喂，我該用什麼表情等待才好啊？
眼前這家店，是我在兩人交往前，
說著「我想要在這家店裡被求婚」的店。

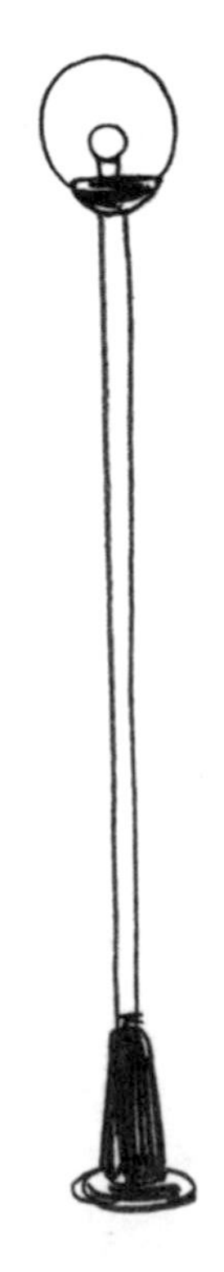

他不追上來

我和他吵架跑出家裡。
深夜中，只帶著錢包和手機漫無目的地走著。

因為小事吵架。

我轉過頭，背後空無一人。
他是在這種時候，絕對不會追上來的人。
要是他喊著等等，緊緊抱住我，
我也會立刻原諒他啊。

今晚，他又先我一步到附近的超商等我了。

嫉妒

「剛剛啊，打工同事向我告白了。」

深夜一點。

才剛回家，一臉疲倦的她立刻倒在床上。

「這個月都第二次了耶。」

我摸摸她的頭，也已經習慣了。

「你嫉妒了嗎？」

「沒，事到如今也不嫉妒了。」

我隱瞞著不安，偽裝成冷靜的大人。

她微笑著說：

「欸，我可沒說我拒絕了耶。」

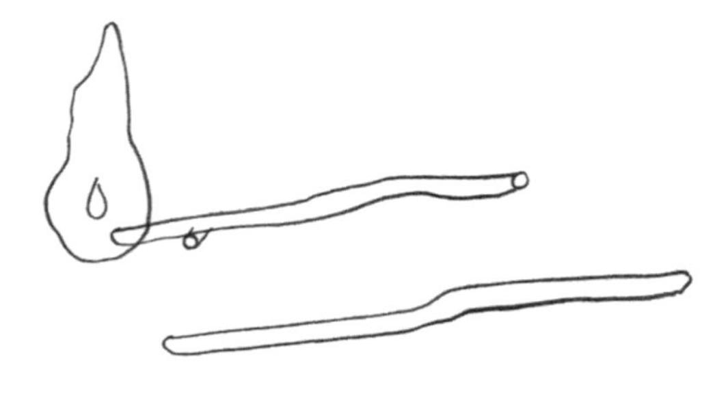

請給我信

「請給我信喔。」
我一這麼拜託，丈夫總是露出傷腦筋的表情。
「真的好嗎？難得的生日耶。」
「對。」

即使如此，丈夫還是低著頭。
「我很沒有文采。」
「沒有關係。」

一年一次的任性。
因為已經不再說我喜歡妳的你，
一定會在信的最後寫上「請妳一直和我在一起」。

最後見一面，然後我們說再見

「絕對不可以打開喔。」
她把信封交給我時如此說。
「直到你搞不清楚你喜歡我哪裡為止。」

春天，她離開故鄉。
我們彼此都是第一次遠距離戀愛。
原本很新鮮的夜間熱線，很快就變得不滿足了。

我在冬天來臨前打開那個信封。
裡面的卡片上這樣寫著：

「最後見一面，然後我們說再見。」

一百四十字的故事
連續故事
距離

朋友替我慶生，我卻覺得很空虛。
一整天無法停止在意手機。

窩在床上看著過往照片的夜晚。
沒有收到分手的那人的訊息。

最近遇到討厭的事情，
如果他傳一句生日快樂給我，我就會打電話給他了啊。

但我知道他不會傳。
我就是喜歡他這一點。

看見月曆，發現今天是前女友的生日。
到去年為止，每年一過十二點，我就會傳「生日快樂」給她。

分手之後，現在也還覺得是朋友。
老實說，覺得說句生日快樂也無妨。

但我已經決定今年不傳。

這樣就好了。
我肯定光是收到短短的回信
又會開始想妳了。

這陣子，工作變得開心起來。
公司也對我有所期待。
所以和想要早點結婚生小孩的他起衝突了。

第一次吵架。
半夜，我對著他嚎啕哭泣。
我曾經深信他能理解我。

已經半年以上沒見面了。
喜歡的料理和興趣都一樣，只有描繪的未來不同。

散步中，和推著嬰兒車的夫妻錯身而過。
在春風中相視微笑的兩人太過耀眼，讓我別開視線。

我好想變得和那兩人一樣。
曾經毫不懷疑，認為絕對能變成那樣。
明明交往了好幾年，
我卻絲毫不明白她真正的心情。

甜蜜安穩的關係太舒服，
我們老是避著不談重要的事。

在超市裡碰見分手男友的母親。

她的笑容仍然那樣溫柔。

她會不會很氣我只重視工作呢？

我心裡這麼擔心著，伯母卻向我道歉：

「我兒子說不想要小孩真的很對不起喔。」

明明不想要在這種地方哭出來，我的眼眶泛淚。

笨蛋，壞人讓我當就好了啊。

從母親口中聽見她見到我的前女友。

我明明不想知道，母親卻說個不停，我連她新染了什麼髮色都知道了。

「你再去見她一次如何？」

母親邊摺衣服邊雞婆地多說一句。

這又讓我煩惱起來。

她似乎還戴著以前那條項鍊。

我在紀念日時送給她的項鍊，現在仍戴著。

微笑

因為想要帶給誰笑容而成為歌手。

即使如此，還是有批評臉、批評身材，化為利刃的話語朝我飛來。
就算我渾身是傷，也會被用一句「成名的代價」來搪塞。
所以我放棄在人前唱歌了。

換個名字，只上傳聲音檔案後，收到成山的留言。

「好漂亮的聲音，肯定是個美女吧。」

我看著畫面笑了。

得知自己時日不多的好友在醫院病床上抱著頭。

「我是不是做錯了啊？」

他沒有說出實話直接把情人推開。

這是他天性溫柔才作出這樣的選擇。

過去的情人離開他，上個月和其他人結婚了。

他的表情非常複雜。

「我根本沒想過竟然會治好啊……」

今天是他出院的日子。

戀愛與剩下的生命

將你封鎖

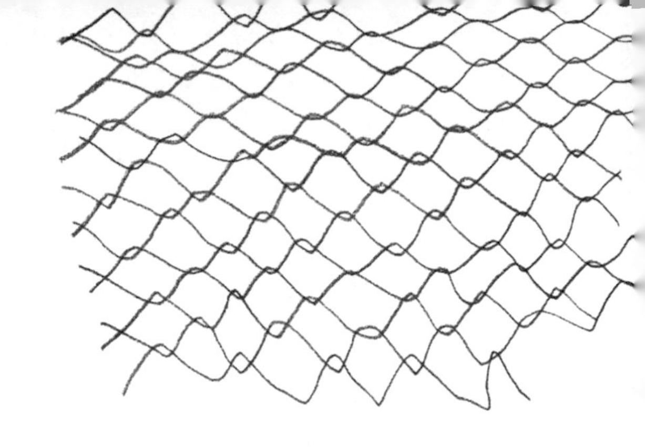

智慧眼鏡追加了一個「封鎖」功能。
只要一個按鍵就可以讓討厭的人從視線中屏蔽。
只有在生活上必要時讓對方出現，
讓人減少壓力而深受好評。

就在某天，有個身穿西裝的人在車站拍拍我的肩膀。

「你被超過百人封鎖，
我們要請你到其他地區生活。」

不可思議的世界

孩提時，不可思議的世界總是近在身邊。

只要穿過細徑小路，或許就能抵達魔法國度。
只要用力往地面一蹬，或許就能碰到積雨雲。

就連散步中錯身而過的貓咪，
也不像現在覺得那是可愛的動物。
透過年幼的眼睛，擺動尾巴的黑貓，
也變成了誘惑我到另外一個世界的怪異領航員。

怪物與人類

我為了侵略地球而來。

人類喚我為怪物。

地球上有和怪物同等強大的少年，侵略遲遲沒有進展。

但是漸漸地，少年以外的人類全部消失了。

「你還要繼續戰下去嗎？」

少年問我。

「因為還有人類留著啊。」

少年承受攻擊的那一瞬，

很開心地笑著說：「第一次有人說我是人類。」

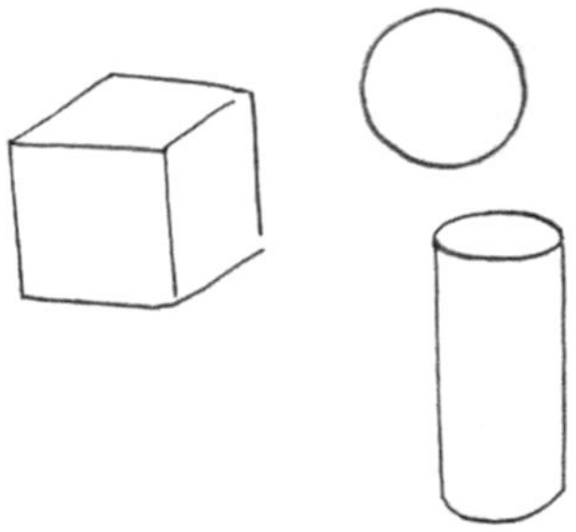

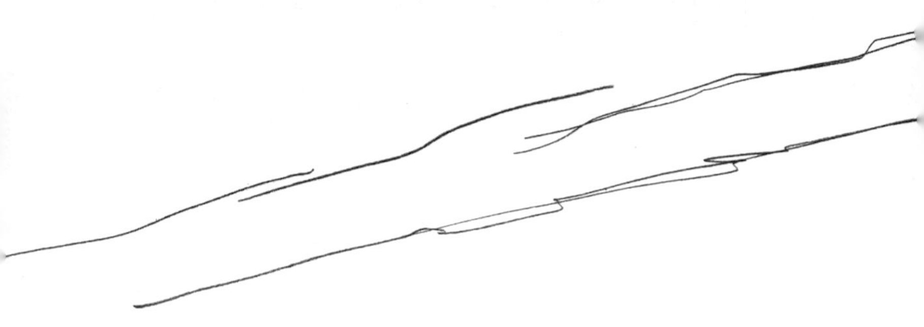

背包中的秘密

我從一大早就坐立不安。

窗外天色陰沉。

我像要藏起全新的可愛居家服，把它塞進背包裡。

「那個啊，」

我對著正在洗碗盤的母親說話。

「我今天要去朋友家住一晚喔。」

「玩得開心點啊。」母親如此說，我無法直視她的臉。

我變了。

變成一個對最喜歡的母親說謊的人。

想聽聲音的夜晚

我一喝醉，就想要聽喜歡的人的聲音。
每次結束飲酒聚會回家，明明沒什麼重要的事，
總是會打電話給你。

「不覺得喝醉時會很想打電話嗎？」
「啊～～我懂，因為我也常打電話給喜歡的人。」

聽見你那害臊的聲音，熱度瞬間從我臉頰消退。
我從來，沒有接到你打來的電話。

喜歡的香氣

我喜歡的女生似乎很喜歡蒐集香水。
雖然我想要擴展話題，但老實說，我不太喜歡香水。

但就在某一天，難得聞到了我喜歡的香氣。

「我買了新的香水。」

看見她的笑容，我忍不住脫口而出：
「我喜歡這個香氣。」

所以最近只要擦身而過總會心跳漏跳一拍。
因為總是聞到那個香氣。

我在好友的婚禮上嚎啕大哭。
就在身穿純白婚紗的她，走過我眼前的那個瞬間。
我覺得我們好像稍微對上眼。
我原本打算要比誰都大聲誇讚她「很漂亮喔」。

明明不是家人也不是情人，
心裡某處卻認為我最重要。
時至此時才驚覺，她要離開了。
離開我身邊前往他處。

好友的結婚典禮

大人的告白

「長大成人後啊，就會不告白了呢。」

想著今晚絕對要向前輩告白的我，不知該怎麼回答。

「那……那麼，該怎麼表達自己的好感啊？」

坐在旁邊的前輩泰然自若地回答：

「約對方去看電影之類的？」

我試圖拚命回想今天早上的事情。

前輩把預售票給我時，到底是什麼表情啊？

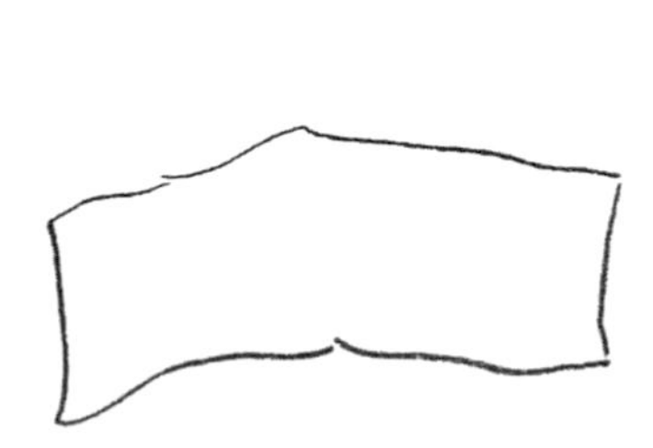

我很幸福。

喝完酒回家的夜晚，代替倒在床上的我，

他拿著卸妝棉輕輕擦拭我的臉。

「你真體貼。」

「是不是？」

他笑得一臉得意，

甚至還會替我因高跟鞋腫脹的腳按摩。

他是個溫柔的好人。

所以，我不會問這是誰教他的，絕對不問。

體貼的男友

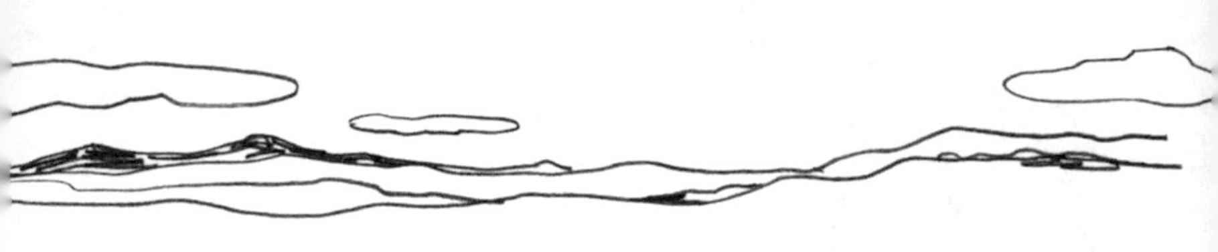

他出生的那天

結婚之前我有件事情想問。我和他面對面。

「關於孩子的事……」

他低下頭。

他果然不想要小孩嗎？

「不管怎樣，我都很害怕。」

「害怕成為父親嗎？」

他搖搖頭。

「我的生日，就是母親的忌日。」

那是我人生中哭得最慘的一次，他的痛楚我毫不知情。

用我的名字叫我

在高中時代的通學路上，我再次與初戀情人相遇。

「我最近回老家了。」

瞇起眼睛笑著的她現在仍如此耀眼，讓人無法直視。

在我們說著彼此近況時，她突然停下腳步如此說：

「欸，用我的名字喊我啦。」

我一瞬間不知該如何回應。

她又接著說：

「因為我最近換了姓氏*啊。」

*日本女性婚後會從夫姓。

perfect dinner

「晚餐？簡單點就好了。」

下班回家的丈夫橫倒在沙發上。

我邊照顧兩個孩子，
邊對喇叭說「把飯拿出來」。
接著，從牆壁上的食物箱中吐出四根軟管。
這是果凍狀的完全營養食品。

我把一根遞給丈夫。
在沒這東西的時代，我們常常爭吵呢。

兩個人一起偷溜

雖然可愛卻很冷淡。

飲酒聚會上坐在我旁邊的學姊，一臉想要快點回家的表情。

其實，我也有相同想法。

「欸，要不要兩個人一起偷溜？反正很無聊。」

我點點頭，追在她身後走出去。

「妳要去哪裡？」

「回家啊，回家。」

走了一會兒之後，學姊說：

「咦？你也趕快回自己家啊。」

酒醉的衝動

我憑著酒醉的衝動拜託了一件不得了的事情。

「如果再過三年還結不了婚，

前輩可以娶我當老婆嗎？」

其實，我是打算好好對他說我喜歡他的。

看見前輩深思的樣子，後悔朝我直撲而來。

「我開玩笑……」

「嗯～～如果要三年後結婚，

現在就開始交往比較好吧？」

筆名與少女的戀情

我拿喜歡的人的姓氏當筆名。
這是戀愛中少女得意忘形的想法。
雖然沒有持續用下去的理由，卻也沒有出現更換念頭的契機。

於文壇出道已經五年。
每當有人問「筆名的由來是？」時，
都會回答「這是本名」。
早在這個名字變成本名前，就一直用這個名字寫作的事情，
是僅屬於我的秘密。

陷阱

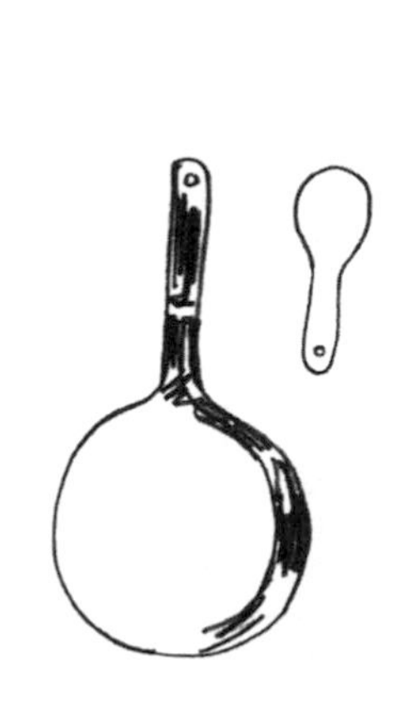

她第一次親手做飯給我吃。
雖然煮焦的地方有點多，但都看起來很好吃。

吃了一口馬鈴薯燉肉，我皺起眉頭。
預料外的鹹味在我舌尖上擴散。

「怎樣？」
「嗯，很好吃喔。」
根本無法說出真相啊。
她突然站起身。

「我們分手吧。我討厭會說謊的人。」

沉重的女友

「欸，我是不是很沉重？」

不管傳送訊息還是感到嫉妒，都只有我自己。

他有點尷尬地回答：

「嗯～～最近可能有時會擔心我是不是真的能承受。」

果真如此啊。

我努力擠出聲音問：

「這樣的女朋友……肯定很討厭吧。」

他「咦？」的嚇了一跳。

「體重讓妳這麼想不開嗎？」

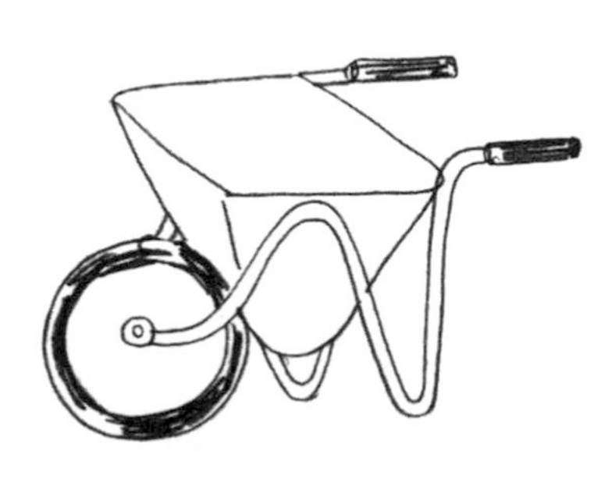

我和青梅竹馬變成情侶了。

因為你是個怕麻煩的人，

我想著，這得要由我來求婚才行了吧。

「謝謝妳昨天借我鉛筆。

我喜歡妳總是很溫柔這點，請妳和我結婚。」

一臉害臊的你遞給我的，是封被曬黃的信。

那是十歲的你為了今天寫下的信。

曬黃的信

書櫃的幽靈

晚上，明明沒有任何人去碰，有本書啪唰從書櫃掉下來。
年幼的女兒大哭喊著「媽媽」。

最近常常發生這種無法解釋的現象。
我撿起書，緊緊擁抱留下大滴淚水的女兒。
掉在地上的，是女兒最愛的繪本。

妻子生前對我們說，
她會變成幽靈回來。

重複

女友很想要舉辦婚禮。

我反對，反對只為了一天花大錢。

新年假期，就在吵架沒和好之中回到老家。

祖母聽完我說的話之後看著佛壇說：

「我是覺得辦了也不錯。」

大概就是為了面子之類的吧。

但我不在意那種東西。

「因為也有人像我一樣，會回想那一次的婚禮上百回啊。」

我有個喜歡的人。
儘管他愛的是別人。

「真希望她可以再次喜歡上我。」

每次聽到他說起前女友，都讓我深刻理解絕對贏不過她而流淚。

季節流逝。
某天，他因為事故過世了。
他的母親低頭顫抖著聲音：

「失憶前的妳，是他的女朋友呢。」

喜歡的人喜歡的人

聯繫兩人之物

他嘲笑我的容貌。
我真希望是我聽錯了。
腦海中響起玻璃破碎的聲音。
我從包包中拿出備份鑰匙，說了「分手吧」後放在桌上。
「等等，我們都交往三年了，別因為這種小事……」
他還在笑。
沒有什麼東西比戀愛更細膩了。
我們之間，只靠愛戀之情聯繫著啊。

我和五年前分手的人去喝下午茶。
並非沒有想像過「要是又重新談戀愛會怎樣」。

「我幫妳點好了。」

當我晚一步進咖啡廳時，你已經坐在裡頭的座位上了。
仍然那麼體貼。
端上桌的是蜜桃紅茶和蛋糕。

我突然好傷心。我們之間果然已經結束了。
那時的我很喜歡甜食，和現在完全不同。

該怎樣重來那段戀愛

正相反的情人

我和他正相反。

在仔細削蘋果皮的我旁邊，他朝豔紅的果皮大口咬下。
他的房間隨時播放著音樂，我反而比較喜歡悄然無聲。

朋友常問我們兩人交往得順利嗎，但這不需要擔心。
因為他是個在談重要事情的夜晚會靜靜停下音樂，
當我感冒時會替我削蘋果皮的人。

愛的傾注方法

「我們暫時保持距離吧。」

他這麼說完後微微落淚。

「對不起，我完全不覺得妳喜歡我。」

看著他的背影，我想起小學時被我種死的花。
肯定是我傾注愛情的方法太笨拙了。

那只是自我滿足。
不管是把剛做好的料理給他，自己吃冷掉那份的習慣。
還是他要來住我家時，我會快步回家的夜晚。

她沒有哭。

即使聽見交往了五年的我，宛如青天霹靂向她提分手。

老實說，我反而被她嚇了一大跳。

身穿清純洋裝的她，到最後揮手時仍然很溫柔。

「謝謝你至今的陪伴。」

對著走向車站的我，不僅沒生氣，甚至向我道謝。

「要幸福喔，然後一邊後悔和我分手。」

就算是謊言也好

「說我很可愛，就算是謊言也好。」

早晨，我在鏡子前換了好幾套衣服。
眼線也重畫了三次。
因為我想要在生日，得到你的誇獎。

「為什麼，這種話不是真心就沒有意義吧。」

對走在斜前方的你，湧上類似憤怒的悲傷。
說謊也好，就算是謊言也好。
因為，你從沒對我說過啊。

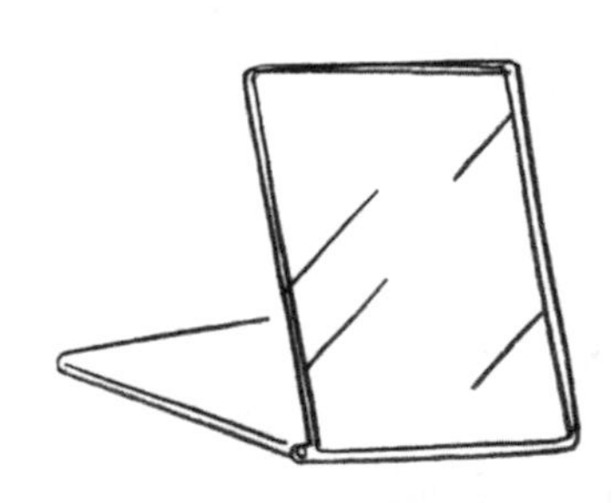

趁著睡覺時

正當我打算要睡時，聽見大門打開的聲音。

他似乎回到家了。

「已經睡了嗎？」

他小聲問著，走進我人在的寢室。

此時我突然閃過一個點子。

就裝睡，突然起床嚇他吧。

好，準備了喔，三、二、一。

霎時，我停下動作。

他在我的無名指上，輕輕纏上絲線般的東西。

「恭喜妳結婚。」

做為給新娘我的驚喜，
父親寫給我的信被念了出來。
會場悄然無聲。
不是「妳要幸福喔」，
而是用「媽媽就拜託妳了」這句話來總結，
還真有父親的風格。
總是相當堅強的母親崩潰大哭。
這是兩年前過世的父親，在他生病期間準備好的信。

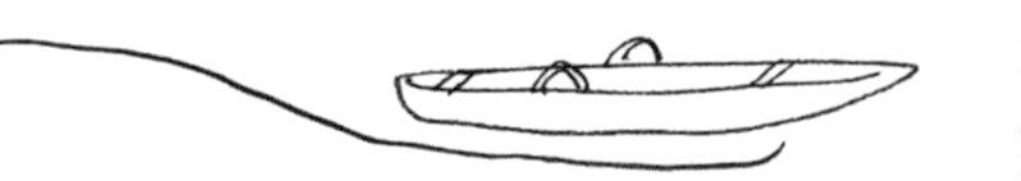

恭喜結婚

我被人生中最愛的人甩了。
那是個涼爽的夏日夜晚。
聽到他說「對不起喔」的瞬間，我們之間出現了無法填補的距離。

我抱著空虛的心，拿起聽說可以撫慰失戀的那本書。

「苦澀的愛情肯定能讓你有所成長。」

這段話讓我淚水直流。
沒有絲毫長進也沒有關係，我只想待在那個人身邊。

十九歲的夜晚

我不想要滿二十歲。

「明天就是生日了呢。」

晚上，母親看著月曆微笑。
我誇張地裝出開心的樣子說：「我也終於是個大人了呢。」
努力別讓自己哭出來。
明明沒有什麼想做的事，卻有著什麼沒有完成的感觸。

回到房間，稍微打開窗。
看著高掛天際的星星，我的十九歲只剩五分鐘。

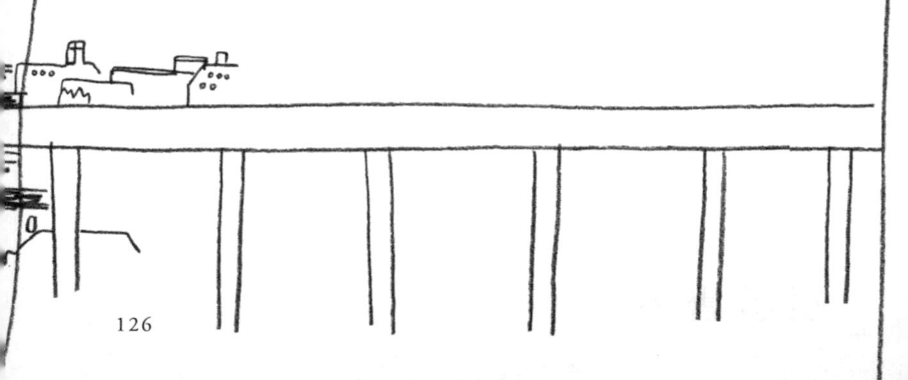

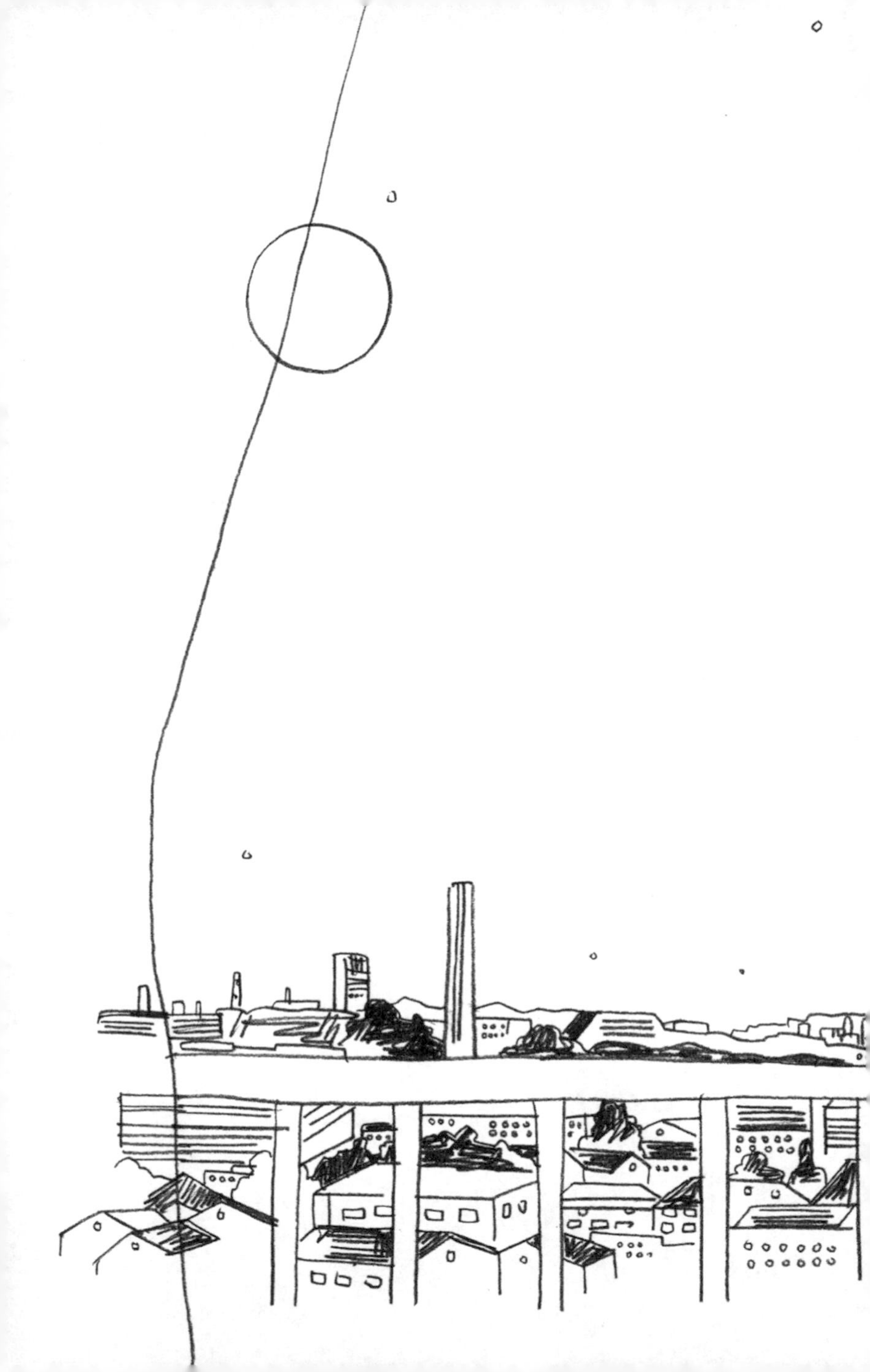

毒之戀

好寂寞喔。別說晚安啊。
在發出鼾聲的你身邊，我像個孩子般泫然欲泣。

凌晨零點。
有種想要徹夜聊天的感覺。
只要閉上眼睛，就有再也見不到面的感覺。
手碰觸著手。但我沒有勇氣喚醒你。

這段戀愛是毒。
不知不覺中，完全將我變成一個膽小鬼了。

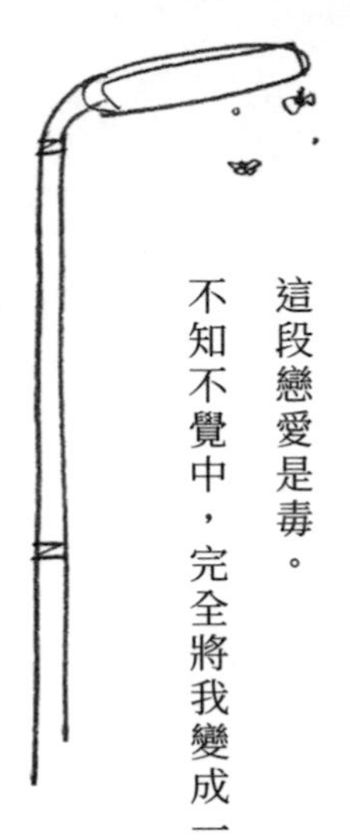

結婚什麼的就算了，談戀愛也很麻煩。
工作太有趣了，讓我遠離了愛情。

早上，上班途中一滑手機，
知道了故鄉的朋友生下第二胎的事情。
沒有留言只按讚。

更新頁面後，看見另一位朋友離婚的消息。
這一次留了一句「加油」。

倏然抬頭，發現電車已經過目的地了。

年紀小的男友

我交了年紀比我小的男友。
明明只差兩歲，但在約定見面的公園中，
看見緊張表情的他，都讓我感到無比憐愛。

「讓你久等了。」

我一出聲，他非常開心地轉過頭來。

「啊，今天的衣服超……非常可愛呢。」

我邊說謝謝，邊拚命忍住嘴角往上揚。
加油，再努力點就可以沒大沒小說話了。

與天才間的距離

滿二十歲了。
我尊敬的音樂人，
在相同歲數發售了暢銷金曲。

但我仍是個興趣和念書都不上不下的平凡人。
在網路上閱讀二十歲才走上音樂路的名人的專訪，
讓自己的心情平靜下來。

在那之後十年。
滿三十歲的我，趁著工作休息時間，
搜尋了「大器晚成的天才」。

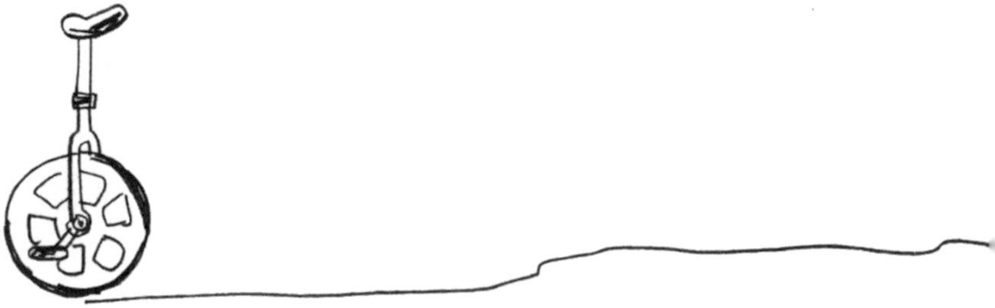

搭小船

和男友第一次約會。

我鼓起勇氣把長年的夢想說出口。

「我啊，一直想著交男朋友之後，想要一起去搭小船。」

兩人一起在被夕陽染紅的湖面上。

我還以為男友會傻眼地說還真是老套，

但沒想到他眼睛閃閃發亮。

「我也超有興趣的耶！」

週末，我和他搭乘小船，在湍急河中急流直下。

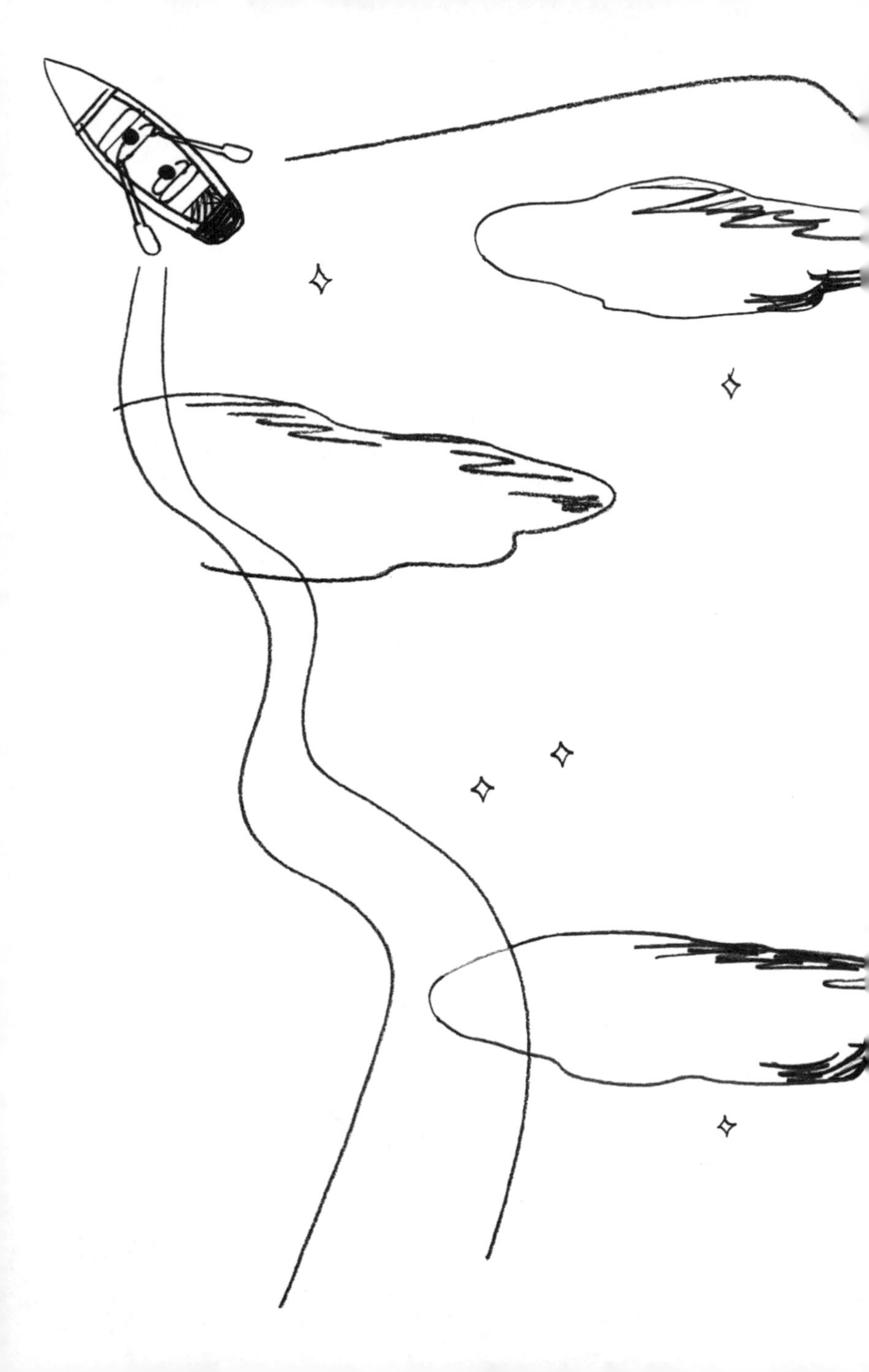

真相

「我們交往一年了耶。」
她在深夜的咖啡廳裡如此說。
「總覺得最近似乎變得有點冷了。」
我沒辦法立刻反應，沉默了一會兒。這也太突然了。
「怎麼突然這樣說，開玩笑的吧？」
因為昨天還互相說笑著耶。
她突然呵聲一笑，點點頭說：「嗯，騙你的。」
「其實從很早之前就已經冷掉了。」

正確的願望

兒子在紙籤上寫願望的手停了下來。
接著拿起橡皮擦開始擦去寫上的文字。

「怎麼了嗎？」

「我原本想要寫希望可以得第一，但還是算了。
因為朋友很努力。」

我緊緊抱住兒子，對他說不需要忍耐。
但我現在還是會想著。
那時我所做的，到底是不是正確的。

懶散的孩子

一回老家，我就想要變回懶散的孩子。

「我去幫妳做飯喔。」

母親對著在電風扇面前貪涼的我說完後，走到廚房去。

真令人感激。

在獨居的都市房間裡，沒有人能代替我做飯。

但我走到廚房，說著「我來做吧」，手放上母親的肩膀。

我已經夠大了，大到甚至讓人感到傷心。

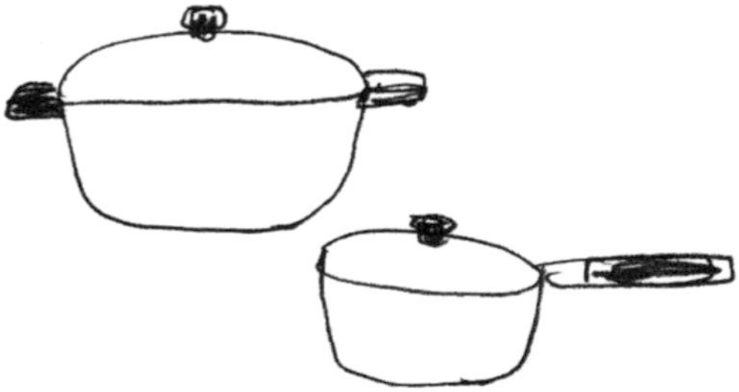

本命沒有的東西

我雖然有本命，卻從未交過男朋友。
所以這幾個月總是驚喜連連。

「妳的髮型真可愛。」

明明沒有花錢，他卻誇獎我耶。
我真的可以得到這種給粉絲的福利嗎。
雙人合照拍到飽，不用錢。
別說需要遠征了，他甚至會直接來見我。絕對會抽中的活動。
我到底該把錢用在哪，戀愛好難。

禮物

我討厭我自己。
不管做什麼都高不成低不就，老是崇拜別人的優點。
從來沒有什麼遠大的夢想。

春去秋來好幾回。
在我建議下開始插畫工作的朋友，
送我感謝花束時這樣說：

「妳擁有將人變成巨星的才華呢。」

這句話成為在我年老的此時也不曾消失的重要禮物。

她過世已經五年。
崩潰哭泣、腦袋一片空白老是盯著對話紀錄看的我，
也快要長大成人了。

這個冬天，我有了新的情人。
妳那麼溫柔，肯定會在天上為我祝福吧。
在我重讀妳留下的信的夜晚，
我發現了被妳擦拭掉的文字痕跡。

「別忘了我。」

「我戒菸了。」你在酒席間如此說。
似乎是新女友的影響。
我和朋友們勸你戒菸勸了好多次都沒有用，
但你總算願意行動了。

「不錯嘛。」我一誇獎他，他小聲對我說「對不起」。

那聲音的溫度，讓我想起，
我哭著說「如果你還不戒菸，那我們就分手」的那個夜晚。

離開人世時，聽說在天堂等你的最愛之人會來引領你的靈魂。

遭逢事故的我，在手術前停止呼吸。

化作光芒的靈魂輕飄飄地脫離身體。

放眼望去是湛藍的晴朗天空。

我俯視街道，邊走著，淚水一滴一滴滑落。

孤單一人。

太好了，那個人還活著。

中空步漫

在晃動中的公車最後一排座位上，我們到最後都沉默無語。
明明就近在咫尺。
妳明明專程等到我社團活動結束耶。
只有腦袋裡吵個不停，我真的是有夠笨拙。
不對，就這樣變成了笨拙的大人。
妳那時，其實想要對我說些什麼吧。
我很好奇，開口問了副駕駛座上的妻子。

沉默的公車

一分鐘前的情人

啊～啊，明明到一分鐘前都還在交往中啊。

掛斷電話，我還在被窩中。
要是不說就好了。
說什麼要是喜歡我就戒菸啦。
要是不傳那種訊息就好了。
問他下一次什麼時候來之類的。

因為你要用而買來的枕頭不是我的喜好，
但因為很適合你，所以我喜歡。
最後一通電話，已經變成十分鐘前了。

彌補

約會遲到了兩小時。
他很落寞地低著頭。
我的後悔逐漸膨脹。

「對不起，為了彌補，我答應你任何一個要求。」
「可以嗎？」
雖然看起來很開心，但他什麼也沒要求。
他比誰都還要溫柔。
這樣的他，在得知我生病時哭了。
「千萬別死，拜託妳。」
我好想要點頭說「好啊」。

單戀結束

十年的單戀結束了。

在我傳了「我從很早以前一直喜歡著你。」

給最要好朋友的你的那個夜晚。

我們感情好到能聊連家人也說不出口的事情，

近在身邊，無比耀眼，我已經無法隱藏我的心情了。

看見回信後，我想要預約美容院了。

已經和你一同外出無數次，但這是你第一次說「我們去約會吧」。

你說了，你不和同事交往。
你從以前就真的很認真。
所以在兩人會單獨出去喝酒後，我仍隱藏著自己的愛意。
週末，就算你會陪我去買東西，我也不可以期待。
因為你是個守規則的人。

某晚，你突然跑到我的座位來。

「今晚能去喝一杯嗎？
我要辭職了，有件事情想對妳說。」

不和同事交往

最後的煙火

去了煙火大會。
和約好今晚要分手的女友一起。
最近我們老是吵架，
所以她提議，最後留下快樂的回憶吧。

火光在夜空迸開後，如夢似幻地消失了。
氣氛就和普通情侶沒兩樣。
平常容易生氣的她也心平氣和。

「還是要分手嗎？」
我說完後她點點頭。
「就是為了這個來的啊。」

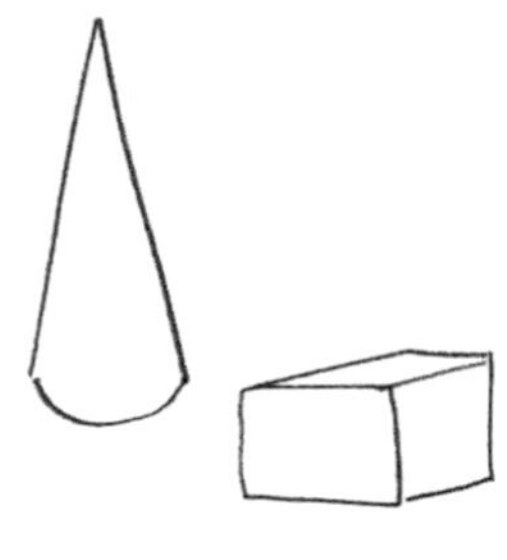

今天開始是家人

六月的婚禮。
原本擔心的天氣很晴朗，雙親也露出鬆了一口氣的表情。

「今天起就是家人了呢。」

闖進視線中的是燕尾服的白。
我單戀了十年的你，用著不變的溫柔包裹著我。

「嗯，請多指教。」

明明該笑才行，我卻快哭出來了。
你往前走去，走往是新娘的姊姊身邊。

我很煩惱。

都交往半年了，他連我的一根手指也沒碰過。

不管是短裙還是紅豔唇色，都鎩羽而歸。

假日，在他的房間。

我現在已經是披上少女外衣的野獸了。

「欸……好冷，你來溫暖我啦。」

我貼著他，他對我道歉：「對不起，我一直沒有發現。」

已經要喊熱了。

被他蓋了三件毛毯。

披著少女外衣的野獸

和媽媽的約定

妹妹今天滿五歲了。

父親的上司說著「因為是生日」，所以買了泰迪熊來給她。

「不怎麼可愛。」妹妹有點不滿。

母親紅了一張臉罵她。

「妳為什麼就不能開心點說可愛呢，明明是女孩子耶。」

上下舖的下層，啜泣聲遲遲不停歇。

「媽媽明明就說過，不可以說謊啊……」

分手的時機

輸入「分手的時機」後按下搜尋。
我在溼氣重的被窩中看了成堆的文章。

當聯絡這件事變得很痛苦時。
滑。
當你無法想像未來時。
滑。
當就算在一起也感到很孤寂時。

全部說中了。
但我沒有辦法打電話。
愛著你、幾乎要把你當神看待的那段時間，仍然凝視著我。

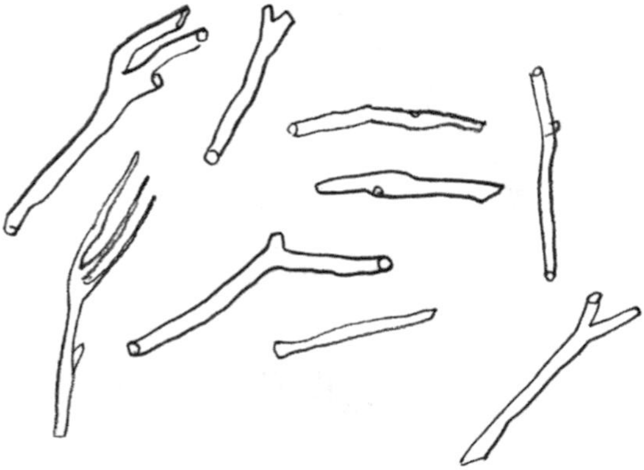

初戀男友，就算是我來看，也覺得他很笨拙。
當我傷心哭泣時，
他總會從網路上找來奇怪的圖片給我看。
而那幾乎，一點也不有趣。

我們因為別的理由吵架分手。

現在的男友很會安慰人。
但很偶爾，我會很想要看，
那個在掌中一點也笑不出來的圖片。

想再看一次那笑不出來的圖片

書信往來

我和住在遠方的情人書信往來。
我們都喜歡寫文章，持續好幾年，互相寄送好幾封信。
常常寫上關於書本或電影的感想。

但在連心也分離的夏日午後，我們在電話中分手了。
我把信也全丟了。
房間的櫃子空蕩蕩。

即使如此，情人有點四四方方的字，用字遣詞，
在我的眼中燒灼著無法消失。

「過得好嗎？」前男友聯絡我。

「很好喔。你呢？最近變熱了呢。話說回來，你搬離那個房間了嗎？我放在你家的衣服，你已經丟了嗎？欸，新女友，有比我可愛嗎？」

我把打上的文字全部刪除。

還是不回信了。

要是依賴你，我就會破壞了那個再見。

delete

回家時買布丁

「我就快到家了。」

收到他傳來的LINE，我停下做菜的手。

今天好想吃甜食。

「買布丁回來，硬的那種。」

如此回訊後，立刻收到回信。

「我已經在門前了，如果是剛交往那時，我可能會折回去買吧（笑）。」

回到家的他，手上提著裝布丁的塑膠袋。

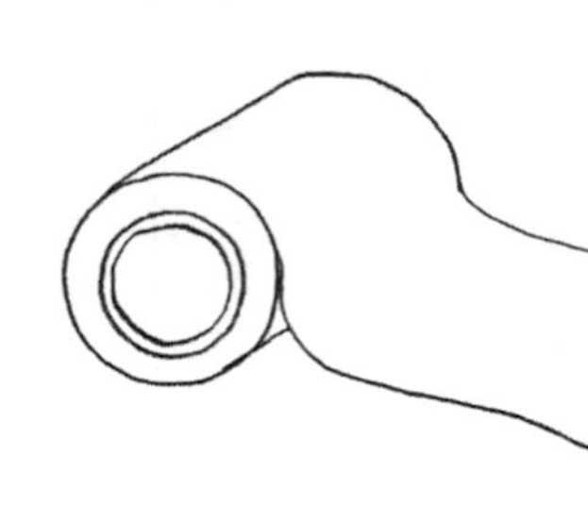

怪教授出的考題，果然沒有那麼容易解決。

「今晚十二點過後，你會失去關於身邊所有人的記憶，也不會再回想起來。請把想告訴明天的自己的事情，用四百字以內寫下來。」

學生們全都抱頭煩惱。

我只寫下短短一句話，立刻放下筆。

「可以忘記，真的是太好了。」

寫給遺忘一切的我

領帶的秘密

他的手很不靈巧。
特別不擅長打領帶，所以替他打好領帶是我每天的工作。

「今天也謝謝妳。」

因為他會溫柔擁抱我，所以我喜歡早晨的時光。
在我聽見從客廳傳來的電視聲醒來的那天。
身穿西裝的他，領帶打得極為漂亮。

「被妳發現了？」

他一臉害臊地整理衣領。

打開筆記本之時

第一次交男友了。這樣的我耶。

月亮舞動，太陽歡笑。

我想要把這滿溢而出的心情留下來而打開筆記本。
為了就算將來已經習慣與他之間的關係，
也能不忘記甜蜜又有點尷尬的兩人。

三年後的秋天。我久違地翻開筆記本。
現在一切都不同了。

全部重讀了一次。
為了從中得到說再見的勇氣。

在離婚後

雙親離婚了。

「妳想和爸爸還是想和媽媽住？」

這麼一問，我回答我想和爸爸住。
母親臉色老是很差，
幾乎每晚都會喝醉，所以和她獨處讓我感到不安。

從那天之後半年。
久違不見的母親像變了個人。
看見她溫和的笑容，我領悟了是誰讓那張臉變陰沉了。

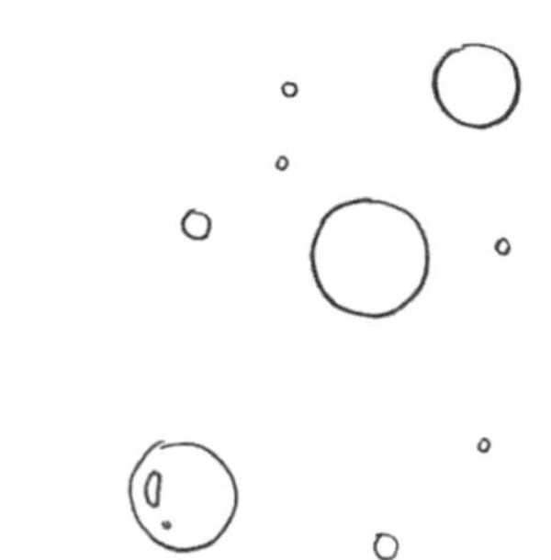

僅僅一句話。
他對著拿到打工薪水的我說：
「是喔，那請我吃晚餐啦。」

他一臉開心地說著要吃什麼呢。
日本暮蟬的叫聲響徹黃昏的城鎮。

是我想太多嗎。
我笑得不太自然。
但我的腦袋瞬間變得冰冷。
他明明應該知道，我是為了留學而不停工作啊。

僅僅一句話

實現任何願望券

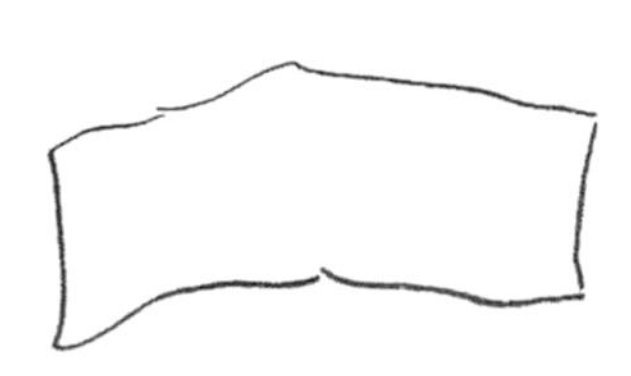

雖然喜歡，但決定要分手了。

在一如往常的咖啡廳點了一如往常的餐點，
彼此把禮物交還。
妳還我鑰匙。
我還妳手錶。

最後妳遞給我的，是一張破破爛爛的紙片。
那是還很窮時做的，實現任何願望券。

「我們做回朋友吧。」
那明明不是為了要讓妳這般哭泣的券啊。

第一次獨自旅行

疾病推了我一把，讓我搭上電車。
連去鄰鎮也從不曾單獨前往的我，第一次外出旅行。

車上乘客從孩童到長者，有各式各樣的人。
大家，都是旅程的夥伴。
一開始，每個人都一臉懷念地望著遠去的車站，
但過了一會兒，開始望向電車行進的方向。

現在只有直直向前進了。

拿著前往地府的單程車票。

外遇

「你覺得怎樣算外遇？」

在廚房的妻子突然這樣問。

這是什麼意思？只有我妻子，應該不可能會這樣做吧。

「像是有其他喜歡的人，之類的。」

我保持冷靜如此回答後，妻子小聲地說：

「那，我現在或許算外遇了。」

她的眼中有淚。

「我終於懷孕了。」

回過神時，我也哭了。

有多喜歡？

「你有多喜歡我？」

遠距離戀愛中的男友在電話那頭回答：

「喜歡到每次看電影都會想起妳。」

我不滿地要他告訴我多寡，

他只是一如往常輕輕帶過。

他每次都是這樣逃脫。

睡前，我突然想起來了。

這麼說來，他說他在家時會一直播放電影。

沒有成為情人

我們到最後都沒有成為情人。

他是我大學同學，就算聊天聊整晚也不愁沒有話題。
也一起去看電影、聽演唱會。
也曾牽過一次手。
但我們彼此都很笨拙，
就在說不出想說的話之中出了社會。

約我去兜風的那晚，已經十足成熟的朋友說了：
「我們啊，要不要結婚？」

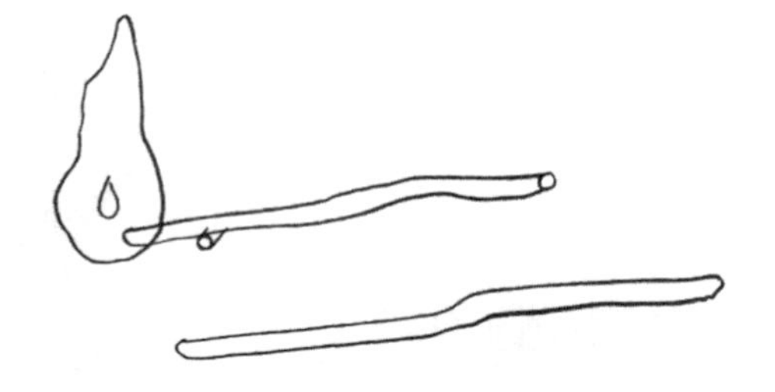

「你前女友是怎樣的女生？」

聽見我的疑問，他邊寫報告邊回答。

「誰知道，忘了。」

「高中時的前女友呢？」

「不記得了耶。」

那和他平常的聲調明顯不同。

騙子，和我交往前明明聲淚俱下告訴我的耶。

但現在，他溫柔的謊言稍微拯救了我。

前女友的記憶

同期同事們的惡作劇

「聽說你升職了啊？」

同期的同事們，突然從螢幕後面冒出頭來。

我說著「是啊」點點頭，大家露出不懷好意的笑容。

「那今晚你請客吧！」

又沒有加多少薪水，還真是群土匪。

晚上，他們纏著我說想要吃的是家高級法國餐廳。

當我想要結帳時，服務生對我說：

「已經結清了。」

和結婚對象的邂逅

「妳知道最常和結婚對象認識的地方是哪嗎？」

走往收票閘口的路上，前輩這樣問我。

「交友軟體嗎？」

「很可惜，似乎是職場喔。背景清楚這點很棒對吧。」

原來如此，我點點頭。

「難得聽你說這種話題耶。」

「因為我想要提高告白成功率。」

前輩用認真的表情喊我的名字。

「我將來會向妳求婚。」

他如此約定後已過三年。

寧靜的房中，我終於說出真心話。

「你已經不想和我結婚了嗎？」

他嚇了一跳回答：

「沒有。我只是想不出來，能讓妳一輩子忘不掉的漂亮的話……」

我在他說完之前緊緊抱住他。

笨蛋，明明沒什麼話比這更讓人開心了啊。

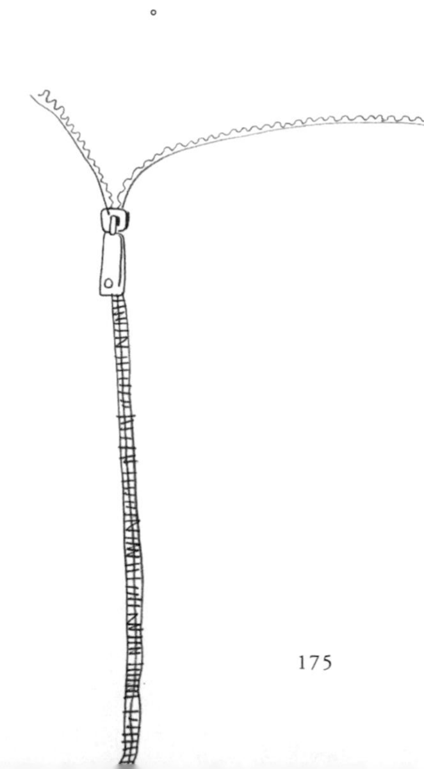

將來有天會求婚

深夜的散步

我喜歡深夜散步。

「我突然好想喝碳酸飲料。」

「要去買嗎？」

彼此點點頭，穿著家居服套上拖鞋，走向深夜中的城市。
樹木沙沙搖晃，壁虎貼在自動販賣機上面。
汽水和可樂各買一瓶，彼此「噗咻」一聲打開蓋子。

我喜歡這段時光。
不管是多近的地點，你都會走在我身邊。

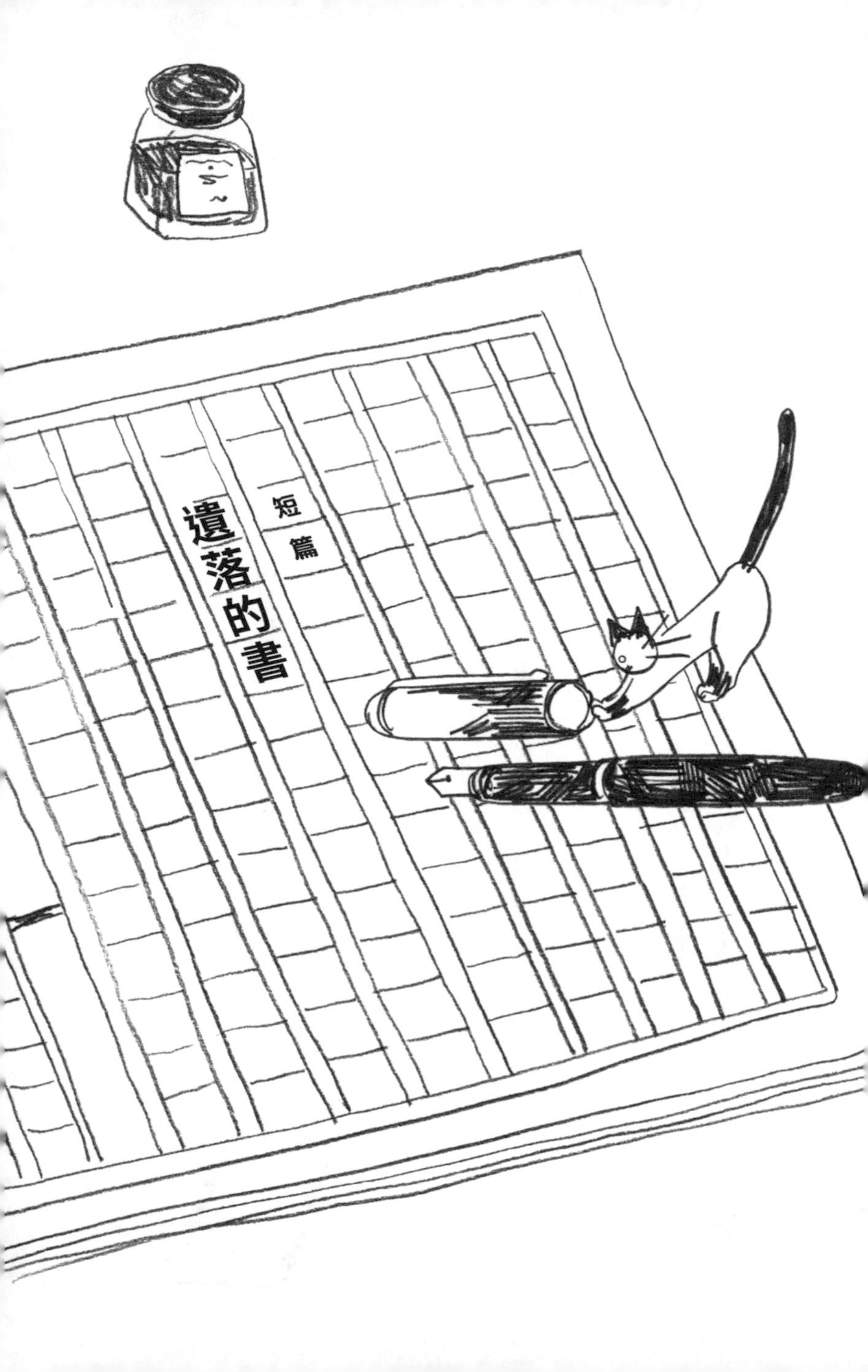
短篇
遺落的書

一本書掉了。

不是掉在地上或桌子上，而是掉在被雨淋溼的道路上。

一開始，我還以為是下班太累看見幻覺，但走近一看，那果然是一本書。

書名是《讓惱人上司閉嘴的方法》，是現在話題正夯的新書。

這是體積較大的單行本，應該沒那麼容易從包包裡掉出來。掉書的人和我一樣，相當疲倦嗎？

但我腦袋突然冒出一個場景。看起來，這本書的主人被極惡無道的上司任意使喚，被謾罵，他肯定不論晝夜，都在他心中的瓶子裡不停累積怨恨。

但在某一天，他遇見了這本書，接著得到巧妙操控那位上司的技術。書的主人終於成功讓上司閉上嘴，走出公司的那天晚上太開心，他便把完成任務的這本書隨手丟掉、回家去了——

雖然不可以隨手丟垃圾，但如果他有這樣的故事，也稍微令人同情。

當我想把書撿到公園的垃圾桶丟掉時，聽見「啊、找到了！」的大叫聲。我轉過頭去看聲音方向，身穿西裝一身溼的中年男性，沒撐傘地往這邊跑過來。啪嗒啪嗒啪嗒。他每跑一步，都會在水窪中濺起水花。他彎下腰撿起書，就這樣循著來時路衝回附近的大樓裡。

彷彿一陣暴風雨。但秋天的長雨仍在大樓林立的城市中持續下著。省了丟書的力氣，應該幫了大忙的，但我想了一下，要是他沒有出現就好了。

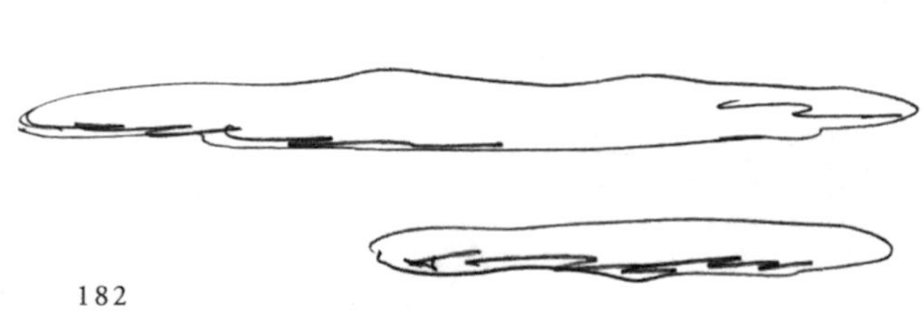

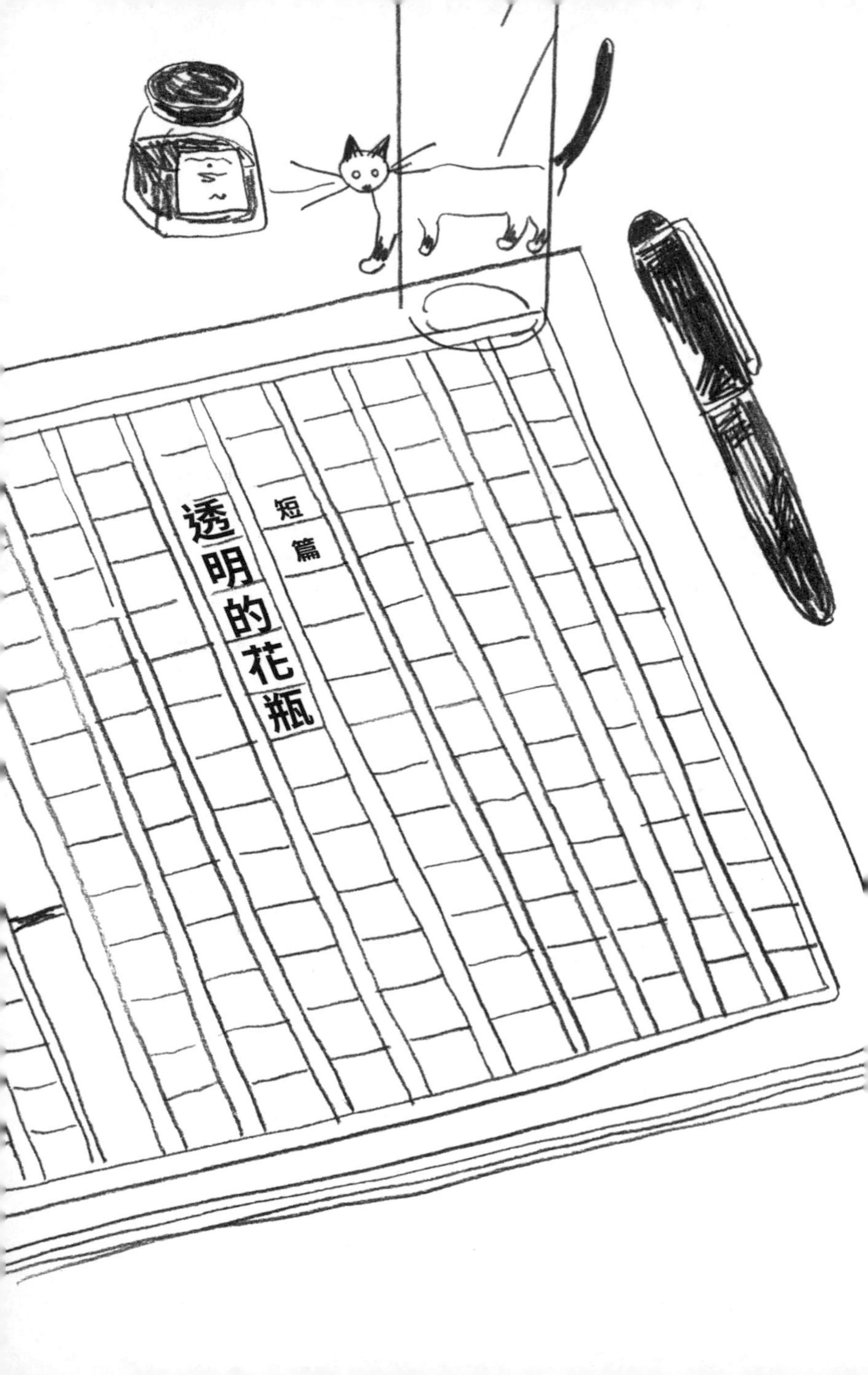
短篇
透明的花瓶

「媽媽，我可以把這個杯子收起來嗎？」

打掃時，我指著一直擺在鞋櫃上的杯子如此問。

到底是從哪時起就在這裡了呢？

讓人忍不住想往裡面倒啤酒的細長杯子，莫名地與玄關融為一體，我到目前為止都沒注意到。

我還以為母親會回我「當然可以」，沒想到拿抹布擦地板的母親簡短回應：「那樣擺著就好了。」

「咦？為什麼？這不是誰喝完飲料亂擺的嗎？」

「啊哈哈，那個啊，不是杯子是花瓶啦。」

聽見母親的話，我手上吸塵器用的集塵紙袋差一點掉在地上。這是花瓶？我又重新細細審視那個透明的杯子。雖然也能說是個外表樸素的花瓶，但如果事前沒有相關資訊，只覺得看起來是杯子。我從沒看過這裡曾經插過花，家人裡知道這個是花瓶的大概只有母親吧。

「如果是花瓶，妳偶爾也用一下嘛。」

「也是啦。」母親苦笑，接著站起身，拿起空花瓶一臉懷念地瞇起眼睛。

「這個啊，是結婚前買的東西，而且還是和妳爸剛開始交往時。」

母親說起往事時，音調總會上升，這次也是。

「那時候我很專注在體育上，所以身邊的人都覺得我大概對可愛的東西、漂亮的東西沒有興趣吧……」

「啊～～確實如此，以前媽媽頭髮也很短，有種很酷的感覺。」

現在的母親看起來軟綿綿的，但我還記得看見母親年輕時拍的黑白照時，給我和現在完全相反的印象。

「就是說啊，但是啊，只有妳爸在我生日時送我一束玫瑰花，還說『我覺得很適合妳』，我好開心……但我沒有擺花的習慣，那天回家時慌慌張張跑去買花瓶。」

「那時買的花瓶就是這個嗎？」

「對啊對啊，我連哪裡有賣花瓶也不清楚，所以繞了好多家附近的店。很好笑對吧。我記得這個確實是被當成玻璃杯賣。這個外型感覺在哪裡都能買到，或許也不是值得裝飾在玄關的東西吧，但只要看到這個，我就會回想起青澀時的自己。」

母親再度把花瓶放回鞋櫃上。花瓶剛剛明明還看起來那樣寂寥，現在感覺可以在簡單的花瓶中看見豔紅玫瑰。

那之後過了很長一段時間。

看起來像玻璃杯的花瓶，現在在我家裡。我把它當作母親的遺物接收下來了，雖然完全沒有好好運用。以前會拿來插遠距離戀愛的男友送的花，但這幾年很空虛地一直是空蕩蕩的。現在可能都堆上一層灰了。

身穿薄羽絨衣走在街上的我，不知不覺中已經到了和當時的母親同樣的歲數。

平常過著不怎麼特別的日子，但今晚很特別。

把獨居的房間的每個角落都打掃得乾乾淨淨，也配合今天

把他的家居服洗乾淨，摺疊整齊放在床上。我還真是個厲害的女友。接下來，只要他溫柔抱緊我、誇獎我就完美了。

但是，我隱約感覺不會有這樣的未來。

「啊啊，累死人了。」

他一到我家，立刻往床舖倒下去。

凌晨零點，工作似乎比預期拖得更久了。

沒有愛情劇中那般甜蜜的重逢畫面，我在心中嘆息。雖然沒對他說過，但親戚一直催促著我怎麼還不結婚。照這樣下去，別說今年了，明年也結不了婚吧。

但我也不想責備他。從他家到這裡，搭新幹線再轉一般鐵路得要花上三個半小時，所以他願意來就讓我很感激了。不僅如此，與受到不景氣影響的一般企業相同，他的公司也陸續有人遭到裁員，他肯定也感到很大的壓力吧。

「辛苦了，你的工作好像很忙。」

「哎呀，就是說啊。我今天也是要出公司前又被叫住……」

「這樣啊。」

我邊聽他說話邊往廚房走去，他說他已經吃過晚餐了，所以我決定替他準備晚酌的酒。把蘋果、草莓、柳橙切塊，喝紅酒之前加進去做成桑格麗亞。原本期待喝著喝著可以有好氣氛，但他說完工作的事情後，連衣服也沒換就睡著了。

隔天早上，桌上留著沒有喝完的桑格麗亞。剛交往那時，他還會說著好喝，開心地全部喝光，但昨天似乎只有稍微喝一點。他不知何時離開我家了，桌子邊只留著潦草寫下「我有事先回去了」的紙張。我吐出一大口氣，全部一起收拾掉。

我到底在幹嘛呢？昨天做的準備有什麼意義嗎？是為他過度奉獻這點不行嗎？還是鏡子中這一點也不可愛的上吊眼不好呢？

連思考這種事都讓人心煩，我決定出去散步轉換心情。套上羽絨衣，走往冬天的城市。

走在路上，花店裡擺放的鈴蘭吸引我的目光，我決定買一束。以前他曾經送過我好幾次，但這是我第一次自己買花。包裝紙中的白色花朵看起來閃閃發亮。

那個花瓶似乎能久違地沐浴在日光下了。

抱著楚楚可憐的花束回家的腳步輕盈，因為我發現重要的事了。

送給自己的花也是如此美麗呢。而且，雖然不知道將來會怎樣，但總之現在，一個人要更加、更加開心。

雖然我沒有特別的優點，但我的心情不輸給任何人。所以請選擇我——

明明知道這種態度只會讓事情不順利。如果我自己是選人那一方，我根本沒有理由特地從一大群人中選這種人。

但是，大學四年級的冬天，看著陸續寄達的祝福郵件，我終於有真實感。

找工作似乎不是靠熱情就能有所收穫，不對，在這之前，我根本沒有真正的熱情。

從床上起身想要淋浴時，突然發現裝飾在窗邊的花朵枯萎了。

這已經是第幾次了呢？

原本就上吊眼的母親眼角更加往上揚，強力推薦我「在家裡裝飾鮮花可以感受季節，很棒喔」，所以我嘗試了半年，但懶散的我一下子就讓花朵枯萎了。看見原本可以撐兩週的花，不到一週就枯萎的樣子，讓我充滿歉意。

我覺得，我根本不適合任何事情。

念書也沒特別出色，運動說白了很不擅長。在線上做了職業適性診斷測驗出現「藝術家類型」的結果，但我毫無藝術天分。不擅長交朋友，幾乎沒有能依賴的人。大概也不太適合工作吧。我已經可以想像我苦於技能不足，被上司教訓的樣子了。但要是不上班，就沒辦法活下去。真是傷腦筋。

結果，到春天都還沒找到工作，我只能繼續住在學生時代住的公寓，開始打工。白天在雜貨小舖裡結帳、整理貨架，晚上在居酒屋外場工作。每天都很忙碌，知道了就算只有打工也能很普通地活下去。雖然身邊人很擔心我，但我也過著還算充實的生活。

在習慣打工生活後，我也緩慢地重新開始找工作。

不再如大學時代般應徵上百家公司，明明應徵的公司不多，和大學時代相比，面試被刷下來的機率卻降低了。

是因為我的心情變得從容嗎？真不可思議。明明沒有學會什麼特別的技術啊。

忙了一段時間的我，不知不覺中不再買鮮花。看見花瓶空了，我的心情舒爽得讓我驚訝。或許長久以來，我不停給予自己慢慢累積心理創傷的壓力吧。雖然是個小小的變化，但我感覺我終於變回原來的自己了。

看著沒有花的花瓶，我點點頭，這樣就好了。

我雖然喜歡花，但我和特地親手做桑格麗亞的母親不同，是個怕麻煩的人。就和最近在ＩＧ上常看見的室內裝飾照片相同，買個乾燥花，一年整理個幾次就很足夠了。那也等到足夠從容時再做就好了。

慢慢地、悠哉地去做，因為這就是我啊。

※這篇短篇，是我在推特上募集關鍵字，從這之中選出「沒有喝完的桑格麗亞（讀者megumi）」、「一直空無一物的花瓶（讀者豆之樹）」、「找工作失敗（讀者麻糬）」這三個，寫下這個短篇。所有投稿的讀者，非常感謝大家。

中篇
回家

回想起她時，我總會想像起在森林深處的深綠色。

在她佇立身影那頭看見濃密顏色的人，班上也只有我一個吧。河野美櫻子這名字很容易讓人聯想到淡櫻粉色。實際上，河野的朋友在她生日時會送她粉紅色手帕，她是個非常適合在教室前的水龍頭用淺色手帕的女生。

天生身體不好這個特徵，或許也是她給人夢幻印象的理由之一。常常看見她上體育課時貧血，一臉蒼白前往保健室的場面。從旁人來看，她是個不起眼且乖巧的學生，但這種時候，不管怎樣都會變得很醒目。

所以，我沒有辦法立刻理解河野說出的這句話。

「青蛙？」

炎夏中的美術教室，放學後仍舊悶熱。

我和河野同屬美術社，但幾乎沒有說過話。不管是在教室裡，還是在美術教室裡。明明有許多交集的機會，我們卻沒有任何交集，這或許是對青春的小小反抗吧。河野肌膚白皙，有可稱得上可愛的容顏，即使如此，不對，正因為如此，我盡可能自然地保持距離。

這樣的她，說了「青蛙」，小小聲說了。因為她語尾上揚，所以正確來說是「青蛙？」吧。

青蛙。

青蛙。

啊啊我懂了，是那個綠色，蹦蹦跳的兩棲類。該不會爬上位於三樓的美術教室裡來了吧。

「咦？青蛙？在哪？」

我放下筆，從椅子上站起來靠近河野。但好奇怪。已經把紙和筆收好，背起書包的河野臉有一點紅低下頭回答：

「不是，因為已經開始變暗了，我想說你沒有要回家*嗎……」

*日文中的「青蛙」（かえる）與「回家」（かえる）相同發音。

我頓時感到超級丟臉。

不是在說兩棲類。河野是在問我「要回家嗎？」。不是陌生人但也稱不上朋友的關係，將我的誤會變成更加尷尬的東西。

在我冒出奇怪汗水的同時，我也感受到天打雷劈的衝擊。那個河野，問我現在要不要回家耶。而且在這裡問「要回家嗎？」就是感覺要一起離開學校的氛圍。我回答前環視美術教室。社團活動結束後，社團老師和其他成員早已經離開這裡，不知不覺中只剩我們兩人。對青春的反抗心如淋了一頭水般瞬間冷卻收縮，我用沒出息的聲音回答：

「啊，嗯，我也想著該回家了……」

但是，就在我收拾時，河野關上美術教室的窗戶，直接走出教室，消失身影。

我邊感到遺憾，也稍微鬆了一口氣。就算突然兩人獨處我也不知該說什麼，更重要的是，以為我們之間完全固定下來的距離感，其實脆弱得一句話就會崩解的事實更讓我震驚。

我深吸一口氣後走出美術教室。

「哇！」

我的大叫聲響徹走廊。河野就站在門邊，指尖邊轉著馬尾的髮尾，無所事事地佇立著。她在等我。特地在炎熱的走廊上等我。

「怎麼了嗎？」

「我還以為妳已經回去了……」

「……那個，對不起喔。」

我用右手壓住心口，河野沒有笑我，背對我在走廊上直行。她身穿制服的嬌小身影，已經回到平常沉穩的氛圍。我吐了一口氣、兩口氣後，追在河野身後。窗外，鳥兒高高飛在籠罩暮色的天空中。

「河野為什麼加入美術社啊？」

來到鞋櫃區，我終於有辦法開口。對我來說，這除了表明「我想要和妳一起回家喔」的意志之外，沒有其他。在聽見她回答前的短短幾秒，讓我感覺宛如永遠般漫長。

「因為我喜歡畫畫。」

「啊，這樣說也是……」

「雪平同學呢？」

河野邊穿上學生皮鞋，轉過頭來問我。帶點褐色的髮尾柔柔地搖擺，從水手服袖口伸出來的手臂，感覺比在教室或走廊看到的更加纖細。

「我也差不多吧，雖然畫得沒有妳好，也不是完全不會畫畫，而且也沒其他想做的事情。」

「才沒那種事，我覺得雪平同學的畫很棒喔。」

河野用我意料之外的強烈口吻說著。明明在誇獎我，卻有種在生氣的感覺。但她睜大的眼睛，看不出來是在說謊。

「呃，但是，我又不像妳，能夠拿到全國競賽獎項……」

我覺得好害臊而別開眼。

河野真的覺得我的畫很棒嗎？我和畫作掛在校長室附近的河野不同（在我的作品連邊也沾不上的競賽中，河野的畫得到大獎），自己的畫就是頂多被家人或朋友誇獎「很棒呢」的程度。

國中時曾經在幾個地方性競賽中得過獎，但也就那樣。從這個狀況來思考，只覺得河野在諷刺我，但從她的表情完全看不出這類意圖。

「評審委員不見得總是正確。不對，就算正確，我還是覺得你的畫很棒。因為我畫不出來。」

重新拿好書包，河野走出鞋櫃區。

「謝謝妳……」

我慌慌張張追上去。感覺，河野的話帶有不可思議的溫度。那確實是針對我說的話回答，但有種不是陳述她的心情而是事實，或者是平淡地朗誦書中一段文章的感覺，就是這種說話方法。

感覺在跟不認識的人說話。明明同班還同社團耶。但一想到至今確實從未有過交集，或許該說近在身邊的陌生人比較好吧。事實上，我對河野幾乎不了解。只有身體虛弱且乖巧的印象，沒有任何伴隨經驗的認識。

我們在自行車停車場找出自己的自行車，朝正門走去，河野果然任其高高束起的馬尾隨風飄逸，在門口等我。我這次很老實地感到開心。

我們的家意外地似乎很近。邊騎自行車，彷彿想填補至今的空白般地聊天。

「河野也騎自行車啊。」

「咦？什麼意思？」

「因為感覺妳不太運動，還以為是家長開車接送。」

河野笑出聲，如黑色彈珠的眼睛，笑起來會變成彎月。

「我才沒虛弱成那樣。不是上課的話我可以照自己的步調休息，話說回來，原來你是這樣看我的啊。」

每當笑聲在日落的城鎮中響起時，感覺逐漸模糊的輪廓頓時變得清晰。根本不需要緊張，河野是可以看著相同景色聊天的普通同學。

眼前的紅綠燈開始閃爍，我們放慢騎行速度，在燈號前停下來。

「那個，雪平同學上大學後也會繼續接觸美術嗎？」

河野抬頭看著轉紅的燈號問我。

「不知道耶，依我的實力應該考不上美術大學……雖然也可以選擇當美術老師，但我也不是很擅長教人耶。」

「這樣啊……」

「河野要考哪間美術大學啊？」

她有如此亮眼的才華，大概會離開這種鄉下去大阪或東京吧。但是河野苦笑著搖搖頭。

「我可能不會上大學。」

我懷疑我聽錯了。如果她說要上普通大學也就算了，沒想到竟然出現不上大學這個選項。

「騙人，為什麼？難得妳有那樣的才華耶。」

「謝謝你，但是，我沒有什麼想學的東西，也想著在家裡幫忙工作也不錯。」

「妳家是做什麼的？」

「定食餐館。」

我不知道該如何反應。

要在定食餐館工作？那個河野耶？她確實感覺很適合穿圍裙端盤子，但那是值得她丟棄繪畫才華也該做的工作嗎？我直覺想要反對，但努力把話吞下去。我並沒有了解河野到能對她的將來頤指氣使，至少現在還不行。

「那，我走這邊。」

燈號轉綠，河野立刻左轉遠去。我呆呆眺望著她的背影一段時間。才剛開始看清的她的輪廓又變得模糊，從制服白襯衫脫身而出的靈魂，越往前走，在出口逐漸遠離的森林中迷向。

接著，我很久之後才發現，河野根本不需要等紅綠燈啊。

「回家嗎？」

隔天，河野也開口問我。再隔天也是，隔週仍相同。美術社二年級只有我和河野，雖然事到如今有點遲了，但她或許是想要和我打好關係吧。

我慢慢了解河野了。

令人意外的，她喜歡流行的搖滾樂團。最近母親讓給她一台相機。不擅長做菜。以及，當她鼻子附近長痘痘時，從早上就會盡量低著頭。

只因為「想畫到一個段落才回家」，偶爾會留在美術教室的我，最近特別有意識地畫到特別晚。這話說起來奇怪，但感覺我是為了放學才來上學。隨著時間累積，河野的表情也越來越豐富。

所以最近，看見班上同學花屋和河野說話，都讓我胸口一陣緊縮。

「欸～欸～河野，筆記本借我看，剛剛那堂課我有一半在睡覺。」

對著雙手合十的花屋，河野不僅沒生氣，反而用張看似很開心的臉說「好啊」。

「花屋同學，你最近很常睡覺耶，社團很忙嗎？」

「就是啊～大賽前真的超累人，認真的。」

雖然不甘心，但花屋的容顏比我好上數倍。他是籃球隊的王牌，也能毫不畏懼地和女生說話，也就是所謂的一軍男子。雖然會在私底下替女生的容貌排行，但也只有這一點小邪惡。他有辦法對剪短頭髮的女生清楚說出「很可愛耶」的舉動，一開始還覺得有點不爽，但現在卻感到尊敬。我就做不到。

我總是能看見他眼睛深處的紅色火焰，所以太熱，我無法接近。偶爾，我會想吹一口氣熄滅那個火焰，但不管找遍我身體上下哪個角落，都找不出做這件事的勇氣與力氣。

而花屋，大概討厭我吧。

「雪平，你是什麼社團啊？」

第二堂課的下課時間，坐我斜前方的花屋跑來如此問我。

「美術社。」

「真假？那不就和河野一樣。」

將長劉海往旁邊梳的花屋，刻意大聲喊出河野的名字。班上好幾個人轉過頭來看我們。他的語氣明明很開朗，但我怎樣都覺得他的眼睛毫無笑意。

「你們兩個很要好嗎？」

聽到這個問題的瞬間，我覺得，他其實對我是哪個社團毫無興趣，只是想問這個問題而已吧。而實際上，我感覺他也知道我的答案，問我只是為了要對答案而已。所以讓我想要回以稍微帶刺的回答。

「還算不錯，吧。」

花屋眉毛稍微挑動，我嘗到一股暢快感的同時，也淋了一身恐怖與罪惡感的雨。

「是喔——哎呀，同一個社團也會說點話吧。雖然不太能想像你們兩個說話的畫面啦。」

「嗯，就社團結束後會稍微說一下話……你才是，看你很常和河野說話，你們同一間國中啊？」

「對對！我國中時是保健委員，那傢伙從以前身體就很虛弱，我都不知道陪她去保健室幾次了……」

花屋喊河野「那傢伙」的瞬間，什麼黑色的物質和氧氣一同進入我的肺臟，在我身體擴散開。感覺花屋的聲音離我遠去，為了保持意識，我緊緊握住手上的原子筆。

「這樣啊。」

不太想說話地隨口回應。河野已經變成特別的存在，甚至讓我想摀起耳朵。

七月罕見的涼爽黃昏，社團結束後，河野突然露出認真表情對我說：

「雪平同學，我可以拜託你一件事嗎？」

就在當我們經過走廊朝鞋櫃區走去時，河野突然停下腳步，注視著掛在牆上的畫。那是河野在去年競賽中得到大獎的作品。畫中畫著各種生物一起住在一棵大樹上的模樣。彷彿就在眼前的真實質感及細膩中，河野的才華發出驚人光彩。

「拜託？」

「嗯，這幅畫後面，畫紙和畫框之間有封信。如果我突然不見了，可以請你把這封信，交給信封上的收件人嗎？那是我寫給重要之人的信。」

我心臟猛烈一跳。河野的視線直直看著我。走廊喪失聲響，幾乎令人恐懼。彷彿只有這邊的時間停止了。不知為何，我心裡冒出得慎重選擇下一句話才行的想法。有種就算只說錯一個字，也會永遠失去什麼的感覺。

「可以……但為什麼拜託我？而且不見是怎麼一回事？」

說完這句話，我突然發現我無意識地避開最在意的問題。

河野的重要之人，是誰？

我隱隱約約領悟那並非家人。腦海中浮現花屋的臉，所以我問不出口。

「我非常信賴你，雖然你不是完全不說謊的人，但你說謊時，總會露出非常過意不去的臉。你有發現嗎？所以我可以交給你。實際上，我也不知道會不會不見，就是個保險吧。」

「回家吧。」河野邁步向前。我因為疑問、不安與一點喜悅而混亂，在她的背影消失在走廊轉角為止都無法動彈。

突然回過神的我全力往前跑，有種討厭的預感。我忘記身為社團同伴的距離感，抓住擺動著馬尾往前走的河野的手。用手一碰，感覺她的手比我想像還要脆弱。我慌慌張張放輕力量。

「那個啊……問這種事情好像也有點奇怪……是身體不好那類的嗎？」

雖然她先前曾說她才沒那麼虛弱，但看見平時的河野，讓人不得不出現這種想法。這週體育課也只在旁邊看，我看見她孤單地站在操場角落。她的病情是不是惡化到讓她想要留遺言給花屋，或是其他的誰呢？

但轉過頭來看我的河野，眼睛彎成月牙微笑說：

「不是那樣。你看，我們也差不多到了要思考畢業後方向的時期了啊。然後啊，我覺得未來是超越想像地不安定，沒人知道何時會發生什麼事。所以為了不管什麼時候發生什麼事都沒有關係，我想要留下些什麼話。」

河野的手突然從我手中抽出，離開。

「聽說寫那種東西，真的會發生車禍之類的喔。」

「咦，是這樣嗎？哇，早知道就不寫了。」

在走廊找回平常的氛圍，我們並排著往前走。我的右手，還留有微溫的手臂感觸。

隔天河野昏倒了。

全校朝會時突然響起一個鈍聲，好幾個女生尖叫。老師們跑過去後，被帶走的人就是河野。她的臉蒼白到讓人不禁以為該不會沒有鮮血流過吧。

到目前為止，河野也好幾次在全校朝會時不舒服。但頂多只是當場稍微蹲著休息一下而已，之後也能自行去保健室。但這次不同。

「美櫻子怎麼了？」

「不知道，突然就倒下了……」

在同學們竊竊私語中，彷彿沒發生任何事情般，全校朝會繼續進行。「如果我突然不見了」河野說這句話的聲音占滿我的腦海。

河野該不會就這樣死掉吧。

想像這種未來的瞬間，我發現了。我們明明一起回家好幾次，我們卻完全沒聊過重要的事。我怕不小心干涉過頭會被她討厭，所以不只是河野不上大學的理由，連她信寫了什麼內容，我全都沒問過。

全校朝會結束後，包含我在內的學生們陸陸續續回教室。我從抽屜拿出課本來，等待下一堂課。但是，我的胸口無比嘈雜。不管是隨手翻動課本，還是複習上週寫下的筆記內容，我的手指都止不住顫抖。我衝出教室。我的腳程絕對不快，即使如此仍在走廊上全速衝刺，跑下樓梯，朝保健室跑去。

「真的很謝謝你。」

保健室門後傳來河野的聲音。

我氣喘吁吁的身體瞬間鬆了力氣。

太好了，還活著。什麼啊，是我想太多了啊……接著，彷彿朝鬆了一口氣的我頭上狠狠揮下一拳，他的聲音響起。

「沒有啦，只是我自己擔心而已啦。」

花屋的聲音沒有在教室說話時般的作戲感，語調沉穩得彷彿另一個人。我有種電影中的一幕被毫不相關的路人甲偷看的感覺。當我在教室裡心慌如麻時，花屋可能根本沒回教室，直接跑到河野身邊來了。我的不中用在心中擴大，再擴大，讓我泫然欲泣。是日光燈壞掉了嗎？我在白天卻昏暗的走廊正中央緊緊閉上眼。當我跨出腳步準備離開的瞬間，傳來保健室的門被用力拉開的聲音。

「你在幹嘛？」

花屋在背後問我，詭異的沉默充斥走廊。

「……」

「……進去啊。」

留下低沉的聲音，花屋從我身邊走過。唰唰響起的乾澀腳步聲逐漸遠去。他的身影慢慢變小，直到終於看不見，我才總算湧起見河野的勇氣。

保健室老師似乎外出中，純白潔淨的室內空蕩蕩。從窗外射進的陽光好刺眼。只有靠外側的病床拉上隔簾，河野肯定就在那裡吧。

「河野？」

「……是的。」

聽到她在隔簾後的回答。我戒慎恐懼拉開隔簾，看見河野在床上坐起上半身。難得放下頭髮的樣子彷彿另一個人。平常總是透著淡淡紅潤的臉頰，如寒冬的海洋般蒼白。

「身體還好嗎？妳突然昏倒嚇了我一跳。」

「嗯，現在沒事。但是可能會直接早退了。」

「這樣啊。」

河野握緊擺在腿上的雙手，半開的窗戶吹進溫熱的風，我在一旁的折疊椅上坐下。

「我只是稍微來看一下狀況，妳可以躺著。」

「沒關係，我爸媽就快要來接我了，要是躺下去感覺會睡著。」

光是注視她被白光勾勒出輪廓的臉就讓我胸口漲滿情緒，遠方響起上課鐘聲。我聽著學生們匆忙的腳步聲卻不當一回事，我不想離開河野身邊。

河野還活著。

光這樣就感到開心的我，已經無從隱藏起了。

「你不回去沒關係嗎？」

河野擔心地問道。

「沒關係，總覺得，我沒什麼心情上課。」

「呵呵，平常總是很認真的雪平同學突然變成不良少年了。」

被呵呵笑著的河野影響，我也笑了。就算花屋的聲音仍留在耳邊，但只要兩人說話，感覺眼前的白霧也散開了。或許是因為河野擔心我吧，現在這個空間令我感到不可思議地舒適。我的身體放鬆力量。感覺兩人可以這樣永遠聊下去。

「河野妳啊……還真堅強呢，連這種時候也這麼冷靜。」

「是嗎？」

「如果是我，突然昏倒應該會大為驚慌吧，心想我的身體是怎麼了？」

河野捏起長至胸前的黑髮髮尾說：

「我以前啊，也很常哭。對能否用這樣的身體活下去感到不安……但是，現在已經下定決心要這樣活下去了。我啊，覺得人不是因為悲傷而哭泣，應該是因為自己很可憐而哭泣吧。雖然沒辦法和大家一樣做到許多事情很難過，但我已經決定不要覺得這樣的自己很可憐了。所以，該怎麼說呢，偶爾會發生這種事，雖然水面出現漣漪，但湖底卻很平靜的感覺……你聽得懂嗎？」

聽到這段話，我腦海浮現森林深處的小小湖泊。在晴天、暴風雨中都一樣寧靜的深藍水底，河野一個人沉睡著。長髮在水中散開。雖然不受任何東西騷擾，但美妙的鳥囀聲，吹動樹梢的風聲，也相當遙遠──

「啊啊，我或許能想像。但話說回來，因為自己很可憐才哭啊──真厲害，感覺就算和妳看著相同東西，妳也思考得比我更深。」

「哪有，才沒有那回事呢。」

聽見音樂教室傳來合唱聲。那是我們一年級時也練習過的歌。彼此在無意識中只有嘴唇開闔著。

「……頭髮，好像沾上什麼東西了。」

河野纖細的手朝我耳朵上方伸過來。

一瞬間，我聞到花香般的香氣，我感覺放鬆的心弦緊繃起來。「是灰塵嗎？」河野手指捏著東西離開，她的眼睛近在眼前讓我慌張。

「謝謝……」

我明明只是想要確認她平安而已，卻差點要把「我喜歡妳」說出口了。

連上下搧動的每根睫毛都看得一清二楚。我像要被她浮現光粒的眼睛吸進去，這樣的自己讓我有點害怕。

河野對我有什麼想法？她在社團活動結束時會問我「要回家嗎？」，但也沒更多了。最近大概就是「常說話的社團夥伴」的感覺，我的心思是單行道。光是河野活著就讓心裡顫動的只有我一個，把這個心情告訴她的瞬間，我們之間就會出現鴻溝。如同河野第一次開口和我說話的那個放學時間之前的我們一般。我深呼吸好幾次，終於有辦法開口。

「將來有天，我想要以妳當模特兒畫畫。」

「真的嗎？但是，我這種人當模特兒真的可以嗎。」

「這當然，我覺得一定會變成一幅好畫。」

河野瞇起眼睛笑著。

「謝謝你……雖然有點害羞，但我也很好奇雪平同學會把我畫成怎樣。那麼，將來請讓我當模特兒喔。」

在那之後，我被回到保健室的老師趕回教室，離開河野身邊。

我走在安靜的走廊上想著未來。我想知道河野的心意。想知道她在想什麼，要怎樣活下去，希望她告訴我。我決定，社團結束後的回家路上要認真問她。問那些膽小的我至今不敢問出口的事。

這天，是我最後一次見到河野。

雖然她白天一度好轉，聽說晚上突然急轉直下。在窗邊空了一個座位的教室裡，老師先說了「請大家冷靜聽我說」之後，告訴我們河野的事。

班上許多同學大聲哭泣，其他人也說著「難以置信」、「為什麼」，教室一片嘈雜。

我莫名冷靜，呆呆看著黑板。感覺像在聽故事。但隨著上課時間過去，充斥悲傷情緒的教室也逐漸響起平時的笑聲。明明一天都還沒過完，明明幾個小時前才聽到河野已經過世的消息。我一滴淚也沒流的身體深處，只有憤怒不停膨脹。

放學後，我把書包背上肩準備回家時，發現花屋還在哭。他在自己的位子低著頭，偶爾注視窗邊的座位，紅了一雙眼。花屋的朋友們很有耐心地安慰他，卻也困惑著不知他為什麼會如此情緒化。我突然想要向他道歉，明明就算這樣做，也沒辦法拯救任何人啊。

回到家後我的腦袋仍然不清楚。一如往常與爸媽共進晚餐，洗澡，關掉房間的燈上床。沒注意就睡著了。再次醒來時是深夜兩點。

從窗簾縫隙照射進來的月光，讓我想起我和河野的約定。

得去才行。

我還來不及思考，已經把睡衣長褲換成牛仔褲，抓起手機和家裡鑰匙就衝出家門。今晚的月牙好美。邊騎著自行車邊想，晚上的學校進得去嗎？大門應該關上了，但我也沒有打算折返。越踩踏板，氣息也越混亂。路上幾乎沒有人車，毫無意義反覆閃爍的燈號彷彿正在引導幽靈過馬路。我根本沒看燈號顏色，只是一逕在深夜的通學路上前行。

「如果我突然不見了，可以請你把這封信，交給信封上的收件人嗎？」

河野說的話，那個放學後的景象，不停在我腦海中重播。

我到了學校正門後下車，與比我高三個頭的鐵門對峙。我滿身汗，助跑之後爬上正門，被門上的鐵鏽弄髒衣服，好不容易爬到門的另一端了。

遠處可見鞋櫃區的門也關著，但我知道有一扇門可能開著。從戶外樓梯爬上三樓，轉開厚重門扉的門把。如我所料打開了。這扇連結美術教室前走廊的門，大概因為不常使用，大多都沒上鎖。

我邊喘氣邊下樓梯，走到那幅畫前面。和白天看見時不同，現在看起來像生物們偷偷隱藏在大樹上。河野在畫布前拿著畫筆花費的大把時間，可以從細膩描繪的葉脈與動物毛皮中窺見。

河野就在這裡，不是在窗邊的座位，也不是在美術教室裡，我確實從這幅畫中感受到她的氣息。

把畫從牆上拿下，輕輕翻面。

拿開固定鎖，拿下背板，確實看見一個白色的信封在裡面。表面寫著什麼，但太暗了看不清楚。大概是收件人名字吧。昨天看見的花屋背影浮現在我腦海中。即使如此，我也只能照約定送出信。不管河野口中的「重要之人」是誰。

從口袋中拿出手機，打開手電筒，把燈往信封一照，看見「給雪平同學」的文字。

我當場跌坐在地。後悔與喜悅與不知該如何是好的心情混雜成一團，我用力握住信封。

「什麼啊……」

什麼啊，竟然是我。說出口啊。不對，怎麼有辦法說啊。所以才會這樣寫成信。我深深吸一口氣。明明、明明這麼想要和她說話，但河野不在了，已經不在了。

玻璃窗那頭，月光照射下顯得藍白的樹木搖晃著。

我打開信，裡頭的信紙上，點綴著用原子筆寫上的清爽文字。

「給雪平同學。對不起，騙你請你把這封信給重要之人。以及，謝謝你遵守約定拿起這封信。當主治醫生告訴我，我已經活不久時，我就決定要寫下這封信。因為我想要好好把心意告訴你。」

我回想起河野第一次在美術教室裡和我說話時的事情，臉頰微微染紅的她。

「其實，我從國中時就知道你了。你的畫，在夏天的競賽中入選了對吧。我在展示會上看過那幅畫。我大受衝擊。沒想到竟然有同年的人可以畫出如此獨創且深奧的世界。你是我開始畫畫的契機。雖然念同高中還同班是偶然，但我很開心。一直想和你說說話。但就算和你變得要好，我也沒辦法活太久，所以也想著和你關係變好也只會讓你難受吧，第一年完全沒辦法靠近你。也想著這大概是我的命運。但是，我決定了至少要主動說一次話試試看。但決定之後還是覺得好害羞，遲遲沒辦法對你說話……春天過去，夏天來臨，社團活動結束後只剩下我們兩個那天，我終於開口對你說話了。」

是啊，那天河野問我「要回家嗎？」，短短幾個字就改變我們的距離讓我嚇了一跳，但那是當然的，因為河野長時間，一直注視著怪咖又膽小的我啊。

「明明想著一次就好，但還是不行。我想要和你說好幾次、好幾次話，想要一直說下去。接著漸漸地，不僅是你的畫，我也被你這個人吸引。我不知道能不能活到升大學，所以連升學也放棄了，但我卻無法不強烈地希望可以和你念同一間大學。我好久沒有因為不想要死而哭泣了。」

河野的文字漸漸變細、變淡，還有好幾個字因為淚水滲開。

「你總是很沒自信呢，明明有雙很棒的眼睛。我覺得你是可以看見人和話語背後那些無法目視的東西的人，看你的畫就可以知道。你是怎麼看我的呢？要是有問你這件事就好了。然後啊，請你別輸給別人所說的話，那樣活著。就算弱小也能獲勝唷，因為我就是這樣……哎呀，好像在說教真是對不起。我已經沒有辦法在身邊鼓勵你了，不小心就想要交代很多事情。我平常明明沒這麼多話啊。」

只剩下最後一張信紙了。

「雖然猶豫了很久，但能和你在一起果然太好了。能和重要的人共度時光，成為我人生中無可取代的寶物。我的心情，有稍微傳達出來了嗎。雖然我害怕著會破壞好不容易建立起來的關係，到最後都沒把心意說出口，但老實說，每次社團活動問你『要回家嗎？』都和大叫『我喜歡你』同樣害羞，每次都覺得快死掉了。想著要是被你拒絕該怎麼辦。因為我啊，真的好喜歡你。如果有來世，希望下次我能約你去更多的地方，好好把心意表達出來，盡情地談一場戀愛。但是，現在已經得說再見才行了。雪平同學，謝謝你一直以來的照顧。可以和最喜歡的人共度時光，我的人生非常幸福。河野美櫻子」

雙唇顫抖，呼吸困難。接著我無法再忍耐地放聲大哭。

我這個笨蛋。就是嘛，那個內向又很客氣的河野，每天每天都對著不知道對她有什麼想法的我問：「要回家嗎？」

那需要多大的勇氣啊。

但我，甚至沒想過她想要更明確的話語，光是希望她給予。稍微想一下就知道，知道河野打破自己的殼，努力地逞強著。因為我明明已經喜歡河野喜歡到光是她活著就讓我心胸漲滿情緒啊，但我一直很沒自信，連一次也不曾自己主動開口對她說「回家吧」。

我擦拭淚溼的臉頰。只有一次也好，我好希望時光可以倒回。好想見河野，即使只有幾秒也好，我想見她。要是對她說出「我喜歡妳」就好了，如果我有說出口，或許我們就不會在錯過中結束了。

就這樣，夜晚留下不停看著過去的我，淡淡流逝。

暑假，我決定要去參加畫畫補習班的夏季課程。雖然稍微有點還算會畫畫的自信，但那小小的自信立刻被老師一指彈飛。不管畫多少次，都被指出哪裡不行。最重要的是，看見年紀比我小的同學的素描比我還棒時，會很沮喪，我的實力還遠遠不足以知名美術大學為目標。

即使如此，因為我有想畫的東西，變得比以前更不易受挫。我也逐漸習慣只是一直握著鉛筆的生活。雖然超越我的想像，我需要從更基礎的東西開始學習起，但我現在想要試著相信自己的感受。將來，我要實現約定，畫出河野。我要學習美術，等到將我被河野誇讚的眼睛培育起來後，到時一定要畫。

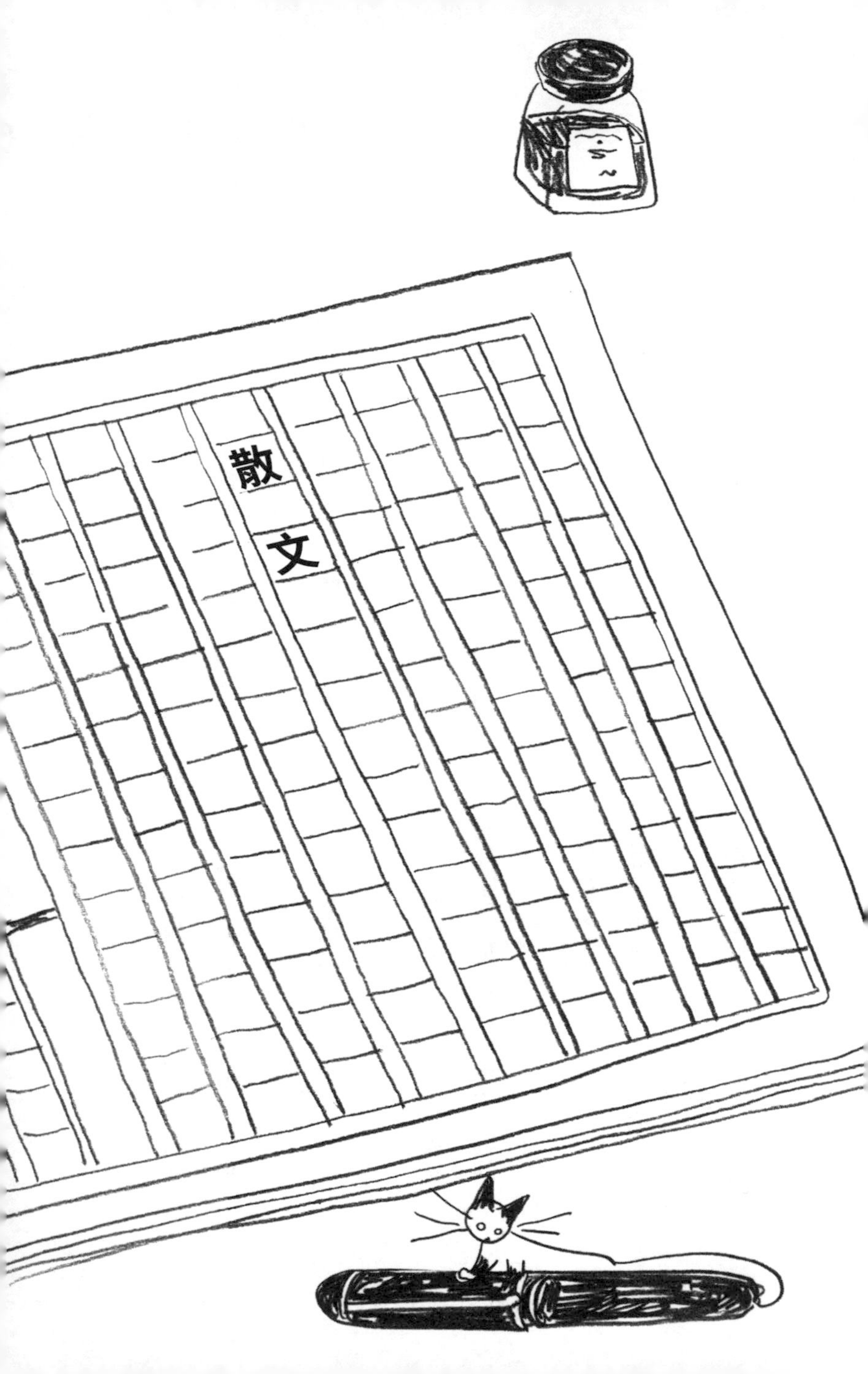
散文

缺錢的聖誕老人

來我家的聖誕老人很缺錢。

小學時，只要聖誕節腳步近了，當時居住的住宅區的信箱中，就會收到某玩具廠商寄來的型錄。冰淇淋機、小孩用的化妝盒、小型遊戲機等等，好多想要的東西，但能選擇的只有一小部分。

這是因為，母親總對我說：「聖誕老人只會給兩千日圓以下的玩具。」

很不可思議的是，我當時並沒有感到相當不滿。因為我以為，聖誕老人就是這樣的人（雖然是自賣自誇，我還真是個單純的小孩）。我用紅色油性筆將低於兩千日圓的商品圈起來，接著從中選擇。

但因為數量太少，能選的頂多只有給幼兒玩的玩具或是鑰匙圈。

我最後放棄從型錄中選擇，接著思考，有沒有什麼低於兩千日圓也能玩得開心的東西……

接著找出的答案就是單曲ＣＤ。那是當時很流行的動漫電影的主題曲，我一直想著想要完整聽完整首歌。聖誕節早上，不知為何，袋子不是放在枕邊而是放在陽台上讓我嚇了一跳，但得到CD的我手舞足蹈。不知用家裡的黃色CD播放器聽過幾次，當時著迷到出社會多年後的現在仍能清唱。

但我的喜悅也只延續到寒假結束，學校開始上課前。因為當時的好朋友聖誕節收到電子琴當禮物，那是價值超越我禮物十倍，不，甚至是百倍的東西。我受到天打雷劈的打擊。

我比平常更加快步回家問母親：「為什麼聖誕老人送那麼貴的東西給其他小朋友？」

母親表情不變地回答：

「因為那是別人家的聖誕老人。」

我說著「原來如此」點點頭，來我家的聖誕老人特別沒錢啊……

因為手機費太貴這個理由，我到上大學為止都沒有手機。我想應該是和聖誕老人無關。但因此，高中時我用存了好幾年的錢買了二手遊戲機，用那個遊戲機看或寫網路小說。因為如此，我用遊戲機輸入文字的速度相當快。雖然現在完全派不上用場就是了。

因為禁止打工也沒錢買書，所以我常待在圖書館裡看書看一整天。也不只一、兩次因為買不起喜歡的海外歌手的ＣＤ，以年為單位等到老家那裡的出租店可以租借。現在偶爾也會希望，要是我學生時代時也有訂閱服務就好了。

因為曾有過渴求娛樂作品的經驗，所以希望自己的作品可以盡量讓所有人都能輕鬆閱讀（書籍或ＣＤ等實際販售的物品就辦不到這點了）。雖然朋友好幾次建議我可以利用收費服務推出作品，但我總覺得有哪裡不太對，結果一次也沒這樣做過。

雖然也使用過每個月從支持者手上收取定額費用的服務，但我受不了不好意思，結果最後還是放棄了。學生時代不甘心著「要是有更多錢就好了」的自己在我腦海中閃過。

有沒有辦法創造出，從有能力的支持者手中收錢，然後讓一般讀者可以免費閱讀的小說模式呢？我曾找同事商量過這件事，同事戲弄我說：「這個……可說是義賊的思想呢。」或許確實如此呢。

但是，時代漸漸地越來越接近我的理想。最新的音樂可以在YouTube上聽，Netflix上可以看到非常多有趣的電影，專業漫畫家在網路上連載的超有趣作品，隨時隨地都能在手機上看。

和以前相比，在冬天空中東奔西跑的聖誕老人肩上的重擔應該輕鬆許多了吧。現在，來我家的那位缺錢聖誕老人是否健康呢。

打工戰記

不管哪個時代，賺錢都是辛苦的事。

還是大學生時，我為了存留學和駕訓班的錢，做過各種打工。壽司店的外場、雜貨小舖結帳櫃台、服飾店店員、劇本作家、幫忙搬家、活動會場設置與營運、保母、做棉花糖……不勝枚舉。

而我得到的不僅金錢，還透過打工經驗，百分之一百二十地理解社會有多不講理。

其中最讓我受不了的就是門票銷售的打工。

最近的門票有各種優惠，而這就是麻煩的地方。舉例來說，銀髮族優惠。我負責的活動的優惠對象為六十歲以上的顧客，所以在購票櫃台買票時可以替顧客作優惠，但事情才沒那麼簡單。

如果顧客來櫃台時立刻說「請給我兩張銀髮票」還沒有問題，有問題的是這之外的狀況。現場負責人對我們說：「看起來超過六十歲的顧客，要積極告訴他們有優惠。」但冷靜想想，有辦法輕易分辨五十九歲與六十歲的差別嗎？沒辦法！就算是高性能ＡＩ也沒有辦法百分百正確判斷年齡啊。

我也嘗試過好幾次，但當我說了有銀髮族優惠後，反而被顧客怒喊：「我看起來有那麼老嗎！」以為「還只有五十多歲吧」的人，想要用一般成人票價結帳時，又被罵：「為什麼沒有告訴我有優惠！」這讓我相當沮喪，我非常害怕被人大聲怒罵。

到東京生活後，看見許多票券都是由機器販售，莫名感到鬆了一口氣。

有個只做過一天，我卻一輩子也忘不掉的打工。

百貨公司的電梯小姐。

當時，我在百貨公司裡設櫃的服飾店當店員，過著只要看見前來買衣服的顧客，絕對會上前問「請問在找什麼嗎？」的每一天（順帶一提，如果你不想要在服飾店裡被店員這樣問，總之就別碰衣服在店內快速移動。碰衣服且細細斟酌的顧客最好搭話，所以要反其道而行）。

就在某天，樓層經理突然拜託我：「神田小姐，明天開始可以請妳搭電梯一段時間嗎？」聽說是百貨公司高樓層舉辦大型活動，但電梯小姐的人數不足。恐怖的是，我就在完全沒聽到詳細說明的情況下，被委以站在電梯中，迎接蜂擁擠進電梯裡的顧客的工作。

我的身體是在中午休息時間裡出狀況。待在百貨公司後場，在守著成堆的庫存時吃著三明治，突然頭暈耳鳴，且完全沒有好轉。

現在回想起來，大概是因為一直待在電梯裡，持續暴露在平常難以想像的氣壓變化中而引起身體不適吧。但當時的我也不敢說，想著「算了，只剩半天工作就結束了……」就這樣繼續工作。

直到深夜，我才發現我的努力是個大失敗。從結果來說，我完全無法成眠。一閉上眼睛頭就轉個不停，明明躺在床上，卻一直感覺身體不停上上下下。才抵達地下室又往最頂樓上升，才抵達最頂樓又往地下室下降。正職的電梯小姐每天都是這種狀態嗎？

上班前，我打電話給所屬的部門，顫抖著聲音說：「對不起，我已經沒辦法繼續搭電梯了……」我這輩子就只做過這麼一次電梯小姐。

雖然打工經驗有許多痛苦的事情，但在我找工作時發揮很大的作用。再怎麼說，我已經事先知道自己不擅長什麼了。只要知道這點，就能避開最糟糕的狀況。

我來到東京，找了一個不用販售門票也不用搭電梯的工作。雖然也有想要抱怨的事，但晚上大抵都能睡著。我真想要誇獎學生時代辛苦的自己一句：「做得太好了！」

接著，我也在心裡決定，要盡量和善對待從事服務業的人們。

遺傳酒

不知不覺中，我也和雙親用相同的方法喝酒。

我的父親酒量很好，不管喝幾杯都面不改色。母親完全相反，只是喝了杯子裡些許的雞尾酒就會醉得不省人事。因此（大概是配合母親），雙親一年只有幾次，會在什麼紀念日時晚酌。小時候，我對酒這充滿謎團的液體深感興趣，也期待著會不會出現在餐桌上更多呢？但回過神才發現時，我也只有在很偶爾時才會打開酒瓶。事實上，我家完全沒有酒精飲料。雖然單就「遺傳」來說明就是那樣，但至今，也曾發生過幾件與酒有關的事情。

兩年前，我常和上司或同事到澀谷的居酒屋去，但隨著次數增加，我也越來越不自在。這是因為，我發現了一部分飲酒者的嗜好和我的嗜好之間似乎有著很深的鴻溝。

首先，我更喜歡吃東西，即使在酒席間也沒有改變。特別在晚上，要是不吃米飯和麵包這類的碳水化合物，我晚上就無法睡得香甜。而我在酒席間點了銀鮭炒飯那天，上司要笑不笑地說：

「有個傢伙打算在酒席間狂吃飯耶，真好笑。」

真的耶——咦，是誰？

是我。

仔細一看，確實除了我以外，沒有其他人點以米飯為主角的料理。涼拌番茄、韓式辣醃鱈魚內臟、小黃瓜、串燒，串燒也就算了，大家在晚餐時真的可以只吃這種清爽過頭，連有沒有吃都可能遺忘的東西就能滿足嗎？

一問之下，才知道有很多人無法接受喝酒搭配米飯類食物。在那次聚會中，除了我以外沒有人願意吃炒飯，我花了一個半小時的時間，才把大碗裡的炒飯全部解決掉。

在那之後，我不曾在飲酒聚會上點茶泡飯以外的米飯料理。

接著又發生一件讓我決心遠離酒精的事情，我認識了討厭酒的朋友。只是一點點酒精都會讓朋友身體不適，所以我們從很早就決定，兩個人一起去吃飯時會選擇居酒屋以外的地方。

我們的聚會超級開心，晚上七點集合，九點解散，無比健康。吃美味的料理，因為不喝酒，當然不會讓身體不適。而且，與其怪罪在酒精身上，說出平常說不出口的抱怨或真心話然後互相安慰，腦袋清晰地談論彼此的興趣及將來的事情更加幸福。

當然，也是有不得不喝的時候。大概是長大之後味覺變得遲鈍，就連覺得苦也無奈喝下的啤酒也感覺嚇死人的好喝。但是，那也是一年幾次，偶爾為之就可以了。

就跟我的雙親一樣。

後記

購買我——神田澪的出道作品《最後見一面，然後我們說再見》的各位讀者，非常感謝大家。我反覆嘗試在一百四十個日文字中可以創造出怎樣的故事，當我回過神時才發現已經過了很長的時間了。希望大家可以在閱讀每一則故事的過程中，享受我創作的軌跡。另外，在本書中也刊載了超過一百四十日文字的作品。說到為什麼，因為我希望大家可以感受，一百四十日文字的故事並非是在獨立的文化中寫出來的作品，而是在短篇小說、長篇小說以及散文等文學中的一種形式，因此讓我全新創作了短篇小說等幾則作品。請大家務必可以找機會告訴我，在各種形式中有怎樣不同的感受。

那麼，因應本書出版，也沒有辦法不碰觸這件完全改變我們生活的事情。二〇二〇年三月十一日，世界衛生組織（WHO）的秘書長譚德塞宣布新冠病毒疫情已經發展成為「全球大流行」。在病患急速增加的義大利，早在這則宣布的兩天之前，三月九日起實施封城政策。法國在同月十七日，紐約也在同月二十二日開始封城。而日本政府也在四月七日發出緊急事態宣言。

看故事既無法填飽肚子也無法治療疾病。這應該是在生活失去餘裕之時，會最先被捨棄的東西吧。但在緊急事態宣言發布之後，有非常多人來閱讀我在推特上發表的作品，這是以前完全比不上的人數。我甚至還曾經想過「現在情勢這麼不好，或許別這麼常發表故事會比較好」耶。我肯定一輩子都不會忘記這個夏天的事吧。我收到了許多「沒有辦法出門，也因為這樣在閱讀故事中想像了許多景色，從中得到慰藉」這類內容的感想，好幾次眼眶泛紅。因為我也是同樣獲得救贖的一人。當時，無法和居住遠處的家人與朋友見面的生活中，期待我的創作的讀者朋友們成了我的心靈支柱。不僅如此，在本書的製作過程中也在各種場面中獲得大家的協助，請讓我鄭重地在此向大家致上最高謝意。

這一次，有幸拜託插畫家的須山奈津希小姐繪製綴飾故事、深具魅力的插畫，以及拜託坂川朱音小姐設計本書的出色裝幀。另外，在創作方面，相信我的感受，以「讓我們一起做出如百寶盒般的書吧」邀請我，持續鼓舞我到今天的責任編輯伊藤編輯，我不知道該怎樣對您表達我的感謝。

最後，請讓我向所有喜愛這一百四十日文字，簡短也有夢想的故事的所有人致上謝意。

二〇二一年一月　神田澪

國家圖書館出版品預行編目資料

最後見一面，然後我們說再見／神田澪著；林于楟譯. -- 初版. -- 臺北市：皇冠, 2022.4　面；公分. --（皇冠叢書；第5012種）（大賞；134）
譯自：最後は会ってさよならをしよう

ISBN 978-957-33-3865-9 (平裝)

861.67　　111003012

皇冠叢書第5012種
大賞　134

最後見一面，然後我們說再見

最後は会ってさよならをしよう

作者—神田澪
譯者—林于楟
發行人—平雲
出版發行—皇冠文化出版有限公司
台北市敦化北路 120 巷 50 號
電話— 02-27168888　郵撥帳號— 15261516 號
皇冠出版社（香港）有限公司
香港銅鑼灣道 180 號百樂商業中心 19 字樓 1903 室
電話— 2529-1778　傳真— 2527-0904
總編輯—許婷婷
責任編輯—黃雅群　美術設計—嚴昱琳
行銷企劃—許瑄文
著作完成日期— 2021 年　初版一刷日期— 2022 年 4 月

法律顧問—王惠光律師

讀者服務傳真專線— 02-27150507　電腦編號— 506134
ISBN 978-957-33-3865-9
Printed in Taiwan
本書定價—新台幣 320 元 / 港幣 107 元